中公文庫

老人初心者のたくらみ

阿川佐和子

中央公論新社

老人初心者のたくらみ　目次

老人初心者のたくらみ

ダンスはうまく……

軽井沢のゴルフ仲間に誘われて、ダンスパーティなるものに赴くはめとなった。

「夏にさ、軽井沢の老舗ホテルのホールを借りて、生バンドを呼んで、精一杯めかし込んで、みんなで踊るの。きっと楽しいよ」

「あら、行きたーい」

愛想良く答えてはみたものの、かすかな躊躇が頭をもたげた。はたして踊れるのか。だいたい日本人だけでそんなパーティ、盛り上がるのだろうか……。

ダンスパーティという言葉自体、久しく耳にもしていない。おそらく大学時代以来だ。いや、そのあと三十代の終わり頃、両親ともども豪華地中海クルーズの旅をした折、船上にてかすかにそんな雰囲気の夜を過ごした記憶はある。しかし父を含めた日本人の殿方は、女性とダンスをするなど大和魂に反するとでも思っているらしく、椅子に張り付いたまま微動だにせぬ様子である。見かねた私が「ちょっとだけ」と父の友人紳士に歩み寄り(父を誘う気にはさすがになれず)、小声でお誘いしてみるが、断固として私と目を合わさず、ひたすら手を横に振るばかり。まして私の前に立ち、「さあ、踊りましょう」と手を差し伸べてくださる粋な日本男児の現れるはずもなし。日本人同士で踊るなんてことは、夢のまた夢なのね。そもそも日本人にダンスは似合わないのか。空しく思い知ったことを思い出す。

しかし時代は変わった。今の若者のダンスに対する認識は、前の世代とはまったく異なるらしい。なにしろ小学校でダンスが必修科目に加えられたぐらいである。ダンスホールではないにしろ、クラブや、なんつーの? ゴーゴー喫茶……でもないね、とにかくあちこちで身体をくねらせ軽快にステップを踏み、音楽と完全一体化している若者たちを見かけると、心の底から羨ましく思う。まあ、ああいうダンスを踊れと言われても私には無理だが、せめて一定の軽いステップを踏みながら、音楽に合わせてウキウキ身体を動かすことができたなら、さぞや楽しいにちがいないと想像する。

そう、私の記憶にある楽しかったダンスといえば、なんといってもジルバである。我々が大学生の時代、ダンパは部活の資金源になっていた。当時、私は同好会のテニス部に所属していたが、そんな軟弱テニス同好会ですら、数年に一度ほどの頻度でダンスパーティを主催して、となると部員は全員、一定量のチケットを買わされるはめとなる。買ったチケットを今度は知り合いに無理やり売りつける。今思えばなんたる悪徳商法。売れなかった場合は自分の負担となるので、必死で売りつける。それがつらかった。

でも、今私の脳裏に蘇るのはチケットが売れなかったときの苦悩より、パーティ当日、秘かに思いを寄せていた先輩殿方と束の間踊ったジルバの記憶ばかりである。

「ほら、壁の花になっていないで、踊ろうよ」

「いやあ、恥ずかしいです」

「大丈夫。僕がリードしてあげるから。まず右足を横に。スロースロー、そうそう」

「いやん、わかんなーい」

「続いてクイッククイック」

「え、どっちへ？」

「ほら、回すよ」

「キャー」

わけがわからぬままたどたどしく足を動かし、息を弾ませ、それでも楽しかった。

「明日、軽井沢ですからね」

亭主殿に告げると、

「え、本気で行くの？」

「だって出席って返事しちゃったもん」

「わしゃ、踊らん」

無愛想に呟いた相方が夕食後、気がつくと携帯を手にゴソゴソ検索している。こっそり覗き見れば、「ジルバの踊り方・初心者篇」の動画ではないか。ほほう、やる気だな。

こうして翌日の夜、いよいよ戦場へと繰り出した。場所は旧軽井沢ホテル音羽ノ森。

「いらっしゃいませ。ダンスパーティのお客様ですね」

黒服のボーイさんに案内されて離れのホールへ足を踏み入れると、円卓が並ぶその奥にダンス用のフローリングスペースが広がっている。バイキング形式の食事とワインをしばし楽しんだのち、いよいよバンドメンバーが登場。軽快なジャズの音が鳴り響く。すると三々五々、決して若者とはお見受けできないが、お洒落に着飾った年配男女が手を繋ぎ、ホール中央へ歩み出る。そしてクルクルと踊り出したではないか。

「ねえねえ」

隣席の亭主殿に囁くが、

「いや、わしはけっこうです」

何度誘っても「踊らん」の一点張り。せっかく練習してきたのに。そう思っていたら、

「アガワさん、いかがですか？」

タキシード姿の紳士が私の前に現れた。躊躇するふりをして、そりゃもう、立ち上がるしかないでしょう。

「ジルバだけ練習してきたんですけど」

「それなら大丈夫。そうそうお上手ですよ。スロースロー、クイッククイック」

あとで伺うと、その紳士、ダンスの先生であった。リード巧みな素晴らしい方に先陣を切っていただいたおかげで、私の踊る熱はますます燃え上がる。

「今度は僕と」

「あら、もちろん」

「いかが？」

「喜んで」

「こっちこっち」

「ハイハイ」

何度も踊りにいく私の姿を見て、

「ダンナさん、放っておいていいの？」

知人に忠告され、最後に語気強く、

「ほら、行くぞ。踊らにゃ損損！」

もはや酔っ払いの亭主の手を引っ張ってホールへ乗り出す。が、そのとき演奏されていたのはスローテンポの曲だった。にもかかわらずダンナは私の手を取って、

「スロースロー、クイッククイック」

「いや、それ、この曲に合ってないって」

「ほら、回すぞ」

「いやいや、今、ここで回れないです」

「スロースロー、クイッククイック」

「だから、これ、合ってないってば」

次回はワルツも練習しなければと思いつつ、足をもみもみ軽井沢をあとにした夏の宵。

虫愛ずるチーム

僭越ながら、わたくし、また連続ドラマに出ております。

今度はちょっとばかりせつないファンタジーものである。一匹のオスゼミが六年間の地中生活を終え、いよいよ地上に姿を現すことになったとき、偶然、命を救ってくれた女の子・由香に出会い、恩返しをしようと思い立つ。人間に変身し、彼女を幸せにして七日間の命を全うしようとする。題して『セミオトコ』。

このドラマの中で私は、内気な由香や個性豊かな住人が集うアパートの大家役を仰せつかった。大家は一人ではない。やや高齢の未婚姉妹。世間離れした妖怪のような二人を、なぜか私とダンフミが演じることになった。

よくそんな素っ頓狂なキャスティングを思いつくものだと、依頼を受けたとき、思わず大笑いした。どうやら脚本の岡田恵和《よしかず》さんとテレビ局のプロデューサーが、次のドラマの企画を相談していた折、主人公が住むアパート（岡田さんは大家さんがいるアパートという設定がお好きらしい）に、今までのドラマでは大家一人を書いていたのだが、今回は二人にしてみよう。ならばどういう二人がいいかと頭を巡らした末に、「ダンフミとアガワは？」ということになったそうである。

でも、放っておくと二人は勝手に喋りまくって、脚本を書く必要がなくなってしまうだろう（たしかに）。そこで、敢えて現実とは異なるキャラクターを設定し、ダンフミにはせっかちな姉役、かたやアガワにはおっとりした妹役をあてがうことにしたようだ。

そんな制作側のご要望に果たして私が応えられているかどうか不安なところではありますが、それはさておき、このドラマに出て以来、不思議なことにセミに対する意識が変わってきた。

長い梅雨が明け、晴天が訪れたと思った途端、朝も早よからセミの声がかまびすしい。今までは、セミの声を聞くとたちまち「暑苦しい！」と思っていたのに、ここ最近、なぜか愛おしい音色に感じられるのはどういうわけか。セミがふっと鳴き止むと、「どうしたのだろう」と心配になり、熱気に包まれた歩道で大木の横を通りかかると、つい足を止めて声の主の姿を探す。おしっこ、ひっかけないでよーと小声で語りかけながら、太い幹をしばらく見上げる。

「あ、いたいた」

姿を認め、安心し、そして歩き出す。

あるいは地面を見つめ、セミの抜け殻を探し始める自分がいる。

どうした、アガワ。そんなにセミが好きだったっけ？

幼い頃はたしかに虫全般が好きだった。ダンゴムシを見つけると手のひらにのせて、コロコロ転がす。本人（本虫？）の気も知らず、まん丸くなるまでコロコロコロ。枯れ葉の布団に覆われているミノムシの、葉っぱを無理やり剝がしてたたき起こし、どんな顔をしているか確かめるのが趣味だった。アリの行列を発見したら、地面に座り込んで目をこらし、行列の先を辿る。せっかく掘ったアリの住処を壊すほど残酷なことはしなかったけれど、よっこらどっこら獲物を運ぶアリを見つけると、その獲物をわざと取り上げて傍らに置いてみる。再度発見できるかどうかのテストである。

思えば虫には嫌がらせばかりしていた。でも虫を観察していると、それぞれに生きる知恵を磨いていることを知る。親に教えられたわけでもなかろうに、どうしてこの小さな生き物は、自分がすべき行動を知っているのだろう。不思議で面白くてならなかった。

小学三年生のときに弟が生まれ、その弟は物心つく年齢になった頃、私のことを「くるくるちょん」と呼び始めた。

なぜ「くるくるちょん」か。

姉である私が頻繁に外へ出かけてトンボ獲りに熱中していたからである。

「お姉ちゃん、どこ行ったの？」

「お姉ちゃんはまたトンボ獲りに行ったのよ。人差し指を立てて、棒の先に止まっているトンボの目をクルクルクルクルって回してチョンって獲るの。クルクルクルクル、チョンってね」

母がそう説明したらしい。実際、私はトンボが棒先や細い葉先に止まっているのを見つけると、人差し指をクルクル回しながら少しずつ近づいていった。トンボは逃げ出すことなく、大きな目と三角形の頭を私の指に合わせてクルクル回す。本当に目を回していたのかどうかは知らないが、この方法だと簡単にトンボを捕まえることができた。

かくして私は「くるくるちょん」、しだいに省略されて、「くるちょん」、さらに「くっちょん」へ。もはや五十七歳になる弟は、いまだに私の顔を見ると、「ねえ、くっちょんさあ」と呼びかける。

この弟と、末の弟、そして二歳上の兄。私を囲む男三人きょうだいはこぞって虫が苦手ときている。夏の夜、実家の玄関前の外灯にセミの大群が押し寄せて、玄関の扉を開けようとするたびにガシャガシャガシャガシャと騒ぎ立てる。が、セミより激しく騒ぐのは、ウチの男どもである。

「ぎゃ、怖い。セミが襲ってくるよ。やだ、怖い、くっちょん、助けて」

「お前たち、男だろうが！」

セミを追い払い、オトコを救うのは、いつもオンナの私であった。

その点、ドラマ『セミオトコ』に集った出演者は違う。木々が生い茂る緑地でのロケにて休憩時間、

「ほら、こんなに！」

ヒロインの木南晴夏さんが両手一杯にセミの抜け殻を抱えて山崎静代ちゃんに披露するや、「うわ、すごーい」とニッコニコ。今田美桜《みお》ちゃんが走り寄り、「うわうわ！」

と大きな瞳を見開いて抜け殻の一つに手を伸ばす。「生まれたばかりのセミ、発見！」と山田涼介君が手の甲に止まる赤ちゃんゼミを見せると、全員が、「かわいーい！」。

こんなチームは珍しい。虫を怖がる人間が一人もいないとは。

セミの声が「ミーンミーン」から「カナカナカナ」に変わる頃、私は夏とドラマチームに別れを告げる。

大気さん

猛烈な暑さのピークが過ぎたと思ったら、思いの外、厳しい残暑が待っていた。最高気温が二十九度などと予想されると、おお、今日は少し楽だなと油断するが、案外に蒸し暑く、とうていエアコンなしには過ごせない。

東日本大震災の後は節電ブームが湧き起こり、なんのこれしきの暑さ、冷房なしに凌いでみせましょうぞとおおいに意気込んだものである。どうってことはないさ。滲む汗をタオルで拭き拭き、限界に挑んだのであった。が、あれからほんの八年。もはやその気力はすっかり失せた。

熱中症患者続出のせいもある。環境問題も大事だが、まずなにより命のほうが大切だ。エアコンのスイッチを入れるたび、かすかな罪悪感に胸をチクリと刺されつつ、自らに「しょうがないよ」と正当性を説く日々だ。

それにしても、日本はいつからこんなに暑い国になったのか。日本だけではない。ヨーロッパでも今年は異常な暑さを記録したという。地球が熱中症になっちゃったのかしらん。

テレビ番組のレギュラーの仕事を始めたのは一九八三年の秋である。それまではいわゆるフリーター状態で、もっぱら友人の披露宴出席と自らのお見合いを繰り返していた私が、突然、情報番組のアシスタントを務めることになった。

アナウンサーの研修をする暇もなく、もちろんジャーナリストとしての修業も一切しないまま、いきなり生番組に出演することになった。雇った側もどう扱っていいか困ったにちがいない。

「私は何をすればよろしいのでしょうか」

番組プロデューサーに訊ねると、真面目な顔で返答された。

「座っていればけっこうです」

だから当初の私の仕事は、「次はコマーシャルです」と言ってニッコリ笑うだけだった。そんな役立たずの私を見かねてか、番組のメインキャスターであった秋元秀雄氏からある日、指示が下された。

「天気予報を担当しなさい」

急遽、私は天気の勉強をすることになった。そのとき覚えた気象用語に、「夏日」と「真夏日」があった。「夏日」とは、最高気温が二十五度以上、「真夏日」は三十度以上の日のことである。

「明日は各地、真夏日となるでしょう」

しかしあの頃、「猛暑日」などという用語はなかったような気がする。存在したとしても、天気予報の時間に使った記憶はない。

解説するまでもないけれど、「猛暑日」の規定は、最高気温が三十五度以上の日である。ついでに加えれば、「熱帯夜」は最低気温が二十五度を下らない夜のことだ。

三十年以上前、私が天気予報を担当していた時代には、気象予報士という資格を取らずとも、気象庁から送られてくる情報をもとにしてテレビやラジオで天気を解説することができた。そして「お天気コーナー」はたいがい新人アナウンサーが担当することになっていた。番組全体を仕切ったりニュースコメントを読んだりするほど熟練していない。とりあえず短い時間、テレビカメラの前に立って喋る訓練をしなさい。その意味で天気予報のコーナーは恰好の修業の場であった。ボスの秋元キャスターも、そういう趣旨で私に天気コーナーを任せたのであろう。

天気を伝え始めてしばらく経った頃、秋元さんが番組終了後に私を呼び出した。

「はい、なんでしょう」

「君は天気のコーナーでよく、大気が不安定という言葉を使うが、あれはどういう意味だ？」

新聞記者として政治や経済を長く取材し、ジャーナリストの重鎮的な立場にいらした秋元さんともあろうお方が、こんな言葉もご存じないのか？

「えーと、大気が不安定というのはですね」

改めて聞かれると、どう説明していいのか戸惑う。

「つまり、大気が、安定していないってことかと……」

「それじゃ答えになっとらん」

「あ、そうですね。つまり大気が不安定だと雷が鳴ったりにわか雨が降ったりするかもしれない状況でありまして……」

「なぜだ？」

「なぜか？　それはですね。大気が安定していないから？」

秋元さんの顔がだんだん不機嫌にゆがみ始める。困ったぞ。どうしよう。

「えーと……。大気というのはつまり、大きな気？　大きな空気の塊ですかね？　そうだ、性格の違う大きな空気の塊が、たとえばあったかい空気の軍団と冷たい空気の軍団が近寄ったら、気が合わないから縄張り争いが起きて、喧嘩になって、組んずほぐれつのバトルになって渦を巻いて、そのまま上昇気流に乗って上空高く上がっていって、そんでもって気圧が下がるので空気が水滴になって雲ができて、その雲が水滴いっぱいになって、もう持ちこたえられませんって段階になると雨が降り出す……、その降り出す前の組んずほぐれつ状態のことを、大気が不安定というのではないかと？」

「じゃ、明日から天気予報の時間に、そう解説しなさい」

そんな！　無理です！　たった一分半ほどの天気予報のコーナーでそんな長い話はできません。と、反論したいところだが、秋元さんが怖すぎて言い返せない。ウジウジしながらはたして私はどうごまかしたか。もはや記憶が不確かだ。しかし、その後私は理解した。

なぜ秋元さんがそんな難題を私に吹っかけてこられたか。それは、気象用語をさらさらと使いこなす程度で一人前の天気予報担当になったと思い違いをするな。その用語の真の意味を理解して、ときに平易な言葉に言い換えられる力を持っていなければ誰にも伝わらないぞと。今でも忘れられないボスの教えである。

今日もテレビでは、午後には各地で大気が不安定になると言っている。組んずほぐれつの喧嘩のあと、少しは涼しい風を運んできてもらえないでしょうかねえ、大気さん。

動揺の時間

義父の一周忌でのことである。その日は墓所での法要を済ませたのち、親戚の家に集まって簡単な食事会を催して故人を偲ぶ予定にしていた。叔母が得意の太巻きを作ってくれるというので、「ならば私も何か用意して持っていきます」と、年齢が初々しくない分、せめて態度だけでも甲斐甲斐しくと思い、切り干し大根を作ることにした。早朝に起き、切り干し大根作りに精を出すうち、

「あらま、こんな時間！　間に合わない！」

出来たての切り干し大根と市販の冷凍餃子その他の食料品を保冷ボックスに突っ込み、喪服に着替え、滅多にはかない黒色ストッキングを伝線しないよう気をつけながら足に通し、急いで洗面所の鏡の前に立ってみたら、もはや化粧をする時間がないことに気づく。

「よし」

私は化粧道具一式を袋に詰めると、バッグ、食料品などを手に抱え、スッピン顔のまま、亭主殿の運転する車に乗り込んだ。

「失礼しますよ」

周囲の車からの視線を気にしつつ、頭にカーラーを巻き、化粧水、クリームをペタペタ顔に伸ばし、車の室内ミラーを使ってファンデーションを塗る。自動車内は太陽光線がたっぷり差し込むせいで、家の洗面所よりはるかに明るい。明るいから顔のアラが目立つ。いくらファンデーションを塗ってもシミシワが隠れない。だからしつこく塗りたくる。念入りに塗りたくる。続いてパフで顔を押さえ、ポイント化粧へ移る。眉を描き、アイシャドウをまぶたの上に塗り、アイラインを引き、ビューラーでまつげを上げ、マスカラをつける。こういう作業は自動車内において極めて技術を要する。アクセルやブレーキが踏まれるたびに、オットットと黒い線を必要以上に長く引いてしまったり、目の中にブラシを突っ込みそうになったりする。いたしかたなく、途中から赤信号で車が停止するタイミングを待って、実行する。

こうしてようやくまああの顔に仕上げた頃、

「そろそろ着くぞ」

私はまたあたふたと化粧道具を袋にしまい、喪服についた化粧の粉をはたき取り、最後に口紅を塗って、よし出陣じゃ。

墓所に到着してみれば、まだ他の親族の姿がなかった。「ロビーでお待ちになりますか」との係員の案内に従って、神妙な面持ちでロビーの椅子に座り、しばらく行き来する人々を見渡して、

「ちょっとお手洗いへ行ってきます」

相方に告げて、喪服姿で静々とお手洗いへ。用を済ませ、手を洗っていると、「あっ！」という声に呼び止められる。

「アガワさん？」

お手洗いへ入ってきた、同じく喪服姿の女性に声をかけられた。

こういうとき、多少なりとも世間に顔をさらしている身としては、対処に一瞬の躊躇を伴う。この方は、はたして知り合いか。それとも私のことをテレビや雑誌で見知っておいでの方か……。なんといってもその日は亭主一族の法事である。新米嫁としては親族の顔をきちんと把握していない恐れがある。葬儀でお会いしたあの方か？

それとも亭主のいとこのお一人か？　失礼があってはなるまい。しばし戸惑っているうち、その女性、どうやら見ず知らずの人と判明する。それでもなお私は失礼のないよう、さりとて親し過ぎない体《てい》で、ほどほどの笑顔を振りまきつつ、早々にお手洗いを出ようとした、そのときだった。

「あのー」

くだんの女性にふたたび声をかけられた。

「はい？」

「その、頭の後ろ、いいんですか、それで？」

私は頭の後ろに手をやって、そして気づいたのである。

カーラーを一つ、つけたままだった。

たちまち私の顔はくしゃくしゃになる。厚化粧の隙間にさらなる溝ができる音を感じる。その直前までの気取った顔が悔やまれた。

しかし有り難いことだ。この女性の一言がなかったら、私はお焼香のとき、親族一同に背を向けて、バッチリたっぷり、カーラーを披露していたことになる。施主の嫁がですよ。

久々の赤面事件であった。今までこういうドジをたくさん積み重ねてきたものだ。あるときは、対談ゲストの前で、両面テープで貼っておいた肩パッドを床に落とし、「なにか落ちましたよ」と拾って手渡された。

またあるときは、お手洗いから出てきたところを、「スカートの裾からヒラヒラ白いものが出ていますけど、なにかしら?」

指摘され、振り向いて驚いた。トイレットペーパーを、なぜかパンツのゴムに挟んだまま、平然と歩いていたらしい。なぜあんなことになったのか。未だに謎である。

あるいはゴージャスプールにて背泳ぎをしていたら、視界の片隅にこれまたヒラヒラまとわりついてくるものを感じ、泳ぎを止めて確かめてみると、それは私が着ていたビキニの胸当てだった。つまり、結んでいた紐が解けたことに気づかず、私はだいぶ長い時間、トップレスの状態で胸を上にして泳いでいたのである。

あのときは、泣いた。一緒にプールで遊んでいた仲間に「見ちゃった?」とも聞けず、悲しみに暮れた。恥ずかしくて情けなくて、しばらく友達と顔を合わせることができなかった。

しかし、このたびの赤面事件にふと感じた。動揺したのはほんの束の間で、ほどなく私は立ち直っていた。そして、このドジ話をどこで披露しようかと待ち構えている自分がいたのである。この違いはなんであろう。ドジの大きさの違いか。あるいはドジに慣れたのか。いや、経年の末、記憶とともに羞恥心が欠落し始めている兆候だろう。ちなみに一部親族には「さっきねえ」と笑いながら暴露できたが、その後の食事会では我慢した。なにせ新妻が務めるべき初めての法事の場でしたから。

忙しい便利

人に会う。あるいは多人数で集まる。盛り上がる。帰り際、また会いましょうねと声を掛け合う。「連絡先、教えてもらっていいですか？」とか「ＬＩＮＥ、やってます？」とか「電話番号教えていただいたら、今後はショートメッセージでご連絡します」とか、そんなやりとりが携帯電話片手に始まる。

これは名刺交換よりはるかに親密な意思表示である。名刺だと、会社の電話番号やメールアドレス、あるいはメールにしても公式なアドレスだったりするけれど、直接、携帯電話の情報交換ともなれば、即座に返事を期待できる。嬉しいな。もちろんその逆もあり、そこまではちょっと……と、ＬＩＮＥ交換を躊躇する場合がないわけではないけれど、しかし、そういう関係密度の選択を含め、当世のネットコミュニケーションなるものを世の中の人々はどうやって整理整頓し、上手に使いこなしておられるのか。是非とも伺いたい。もはや私はこの手の連絡ツールのドツボにはまってトッピンシャン。嬉しいのか困っているのか、よくわからない状況になっている。

もちろん、便利なことにはちがいない。つい先日、長年アメリカに住んでいる学生時代の友達J子が久々に家族ともども帰国した折のことである。何月何日に帰国するので、仲良しだった仲間に声をかけて集まろうというメールが届いた。が、J子の携帯電話はアメリカで契約したものである。したがって、日本語入力の方法がわからない。我々日本チームが英語で入力をすればなんのことはないのだろうが、そうは問屋が卸さない。苦肉の策として、それぞれローマ字で日本語を入力することとなる。すなわち、

「hisashiburi ni minna de aitai ne. namichiga tsugou ga ii desu ka?」

などという文面を、書く側も読む側も目を細めながら必死に交換し、日時や場所を調整して、ようやく集合できた次第である。

「これって、グループLINEにしたら、J子も日本語入力できるんじゃない？」

一同が会した夜、仲間の一人が発案した。そうか、なるほど。よし、やってみようと皆で携帯電話を差し出して、新たなグループLINEを作成した。すると、驚いた

ことにアメリカで契約した携帯電話でも、LINEとなれば日本語入力ができることを知った。さらに、J子がアメリカへ帰ったあとも、彼の地から日本語入力の文面が届くではないか。

「すごいねえ。これでようやく連絡するのが楽になったね！」

最新機器に通じておられる読者の皆様には、「バカか」と失笑されそうな話でありましょうが、我々前期高齢者におきましては、画期的な発見だったのである。

とはいえ私とて、グループLINEを作ったのは初めてではない。数えてみたら、十五個も持っているぞ、どうじゃ！と、自慢するつもりはない。グループLINEをこれだけ持っているということは、個人LINEの友達はもっと多いという計算だ。それより以前、メール友達になっている人もたくさんいる。その他、ショートメッセージ友達もたくさんいる。

だから、ややこしいのである。

あの方と、連絡したい用件が発生する。あの方とは、たしか以前に何度かメールでやりとりをした覚えがある。そのメールは、はてアドレスを使ったメールだったのか。それとも電話番号を使ったショートメッセージだったか。あるいはLINE友達になったんだっけ？　それがわからない。しかたがないので一つずつ検索を開始する。まず「連絡先」というアプリを開き、検索画面に名前を漢字で入力する。が、出てこない。もしかして仮名で登録したのかと思い直し、調べると、これも不発。そうだ、ローマ字で登録したのかもしれない。でも、見つからない。とすると、ＬＩＮＥだったか。

こうしてＬＩＮＥ画面に場所を移す。さて、このＬＩＮＥで表示される「名前」というものは、当人の独自ネームになっているため、必ずしも本名とは限らない。ニックネームだったり、単なるアルファベット一文字にしてあったり、ファーストネームを使っていたり。それを一つずつ試しながら探す。ない、ないぞ。ＬＩＮＥを始めた当初、ＬＩＮＥ友達は親しい人だけに限定するつもりだったが、いつのまにかこんなに増えている。なんでこんなに多いんだ。それにしてもない、ない、ないぞ。とすると、残るはショートメッセージ。でもそこにも見当たらない。焦り出す。時間がない。もしかしてメールでやりとりをしたという記憶自体が間違っていたのかと、暗澹たる思いに陥る。

こうして数時間を捜索に費やした末、私が最後に取った手立てはこうである。すなわち、共通の知人に電話をし、ご自宅の電話番号を教えていただいたのである。

昔、自分の住所録に手書きで書き込まれていたのは、相手の電話番号と住所だけだった。そこにいつしかファックスナンバーが加わり、まもなくパソコンのメールアドレスが追加された。最新ツールが現れると、既存のツールをすっかり削除するかといえば、そういうわけにはいかない。過去のツールの連絡先を残しておく。だからアドレス帳は、増える一方だ。余談だが、亡くなった友人のアドレスや電話番号も捨てられない。「削除」ボタンを押しにくい。

誰かの連絡先を知りたくなると、私は、老眼鏡を探す時間を含め、膨大な連絡ツールを片っ端から開いては閉じる作業に、ほぼ半日を費やすこととなる。今、こうして原稿を書いている間も、傍らで携帯電話のLINE着信音が絶え間なく響き続けている。グループLINEのやりとりが盛んに行われているからだ。必ずしも私宛のメッセージではない。でもチロリンチロリン、読んで読んでと私を誘う。だからつい読む。そして会話に加わる。いったん加わると、止めどきがつかめない。一人で黙っていると、イヤなヤツだと思われないかと、余計な危惧をする。

便利な最新機器のおかげで現代人の二十四時間は、どんどん短くなっていく。

十年後の爆発

元宝塚スター、大浦みずきの没後十年を偲ぶ会に出席した。

以前にも書いたが、大浦みずき、本名阪田なつめさんは、子供の頃、中野区鷺宮《さぎのみや》の同じ公団住宅の敷地内に住む幼馴染みであった。なつめちゃんは私の三つ歳下で、彼女のお姉ちゃんである啓子ちゃんが、私と一つ違いだったので、男兄弟しかいない私にとっては阪田家の姉妹の姿がたいそう羨ましく、歩いて三分もかからない阪田家へ毎日のように遊びに行っていた。

昭和三十年代初めのことである。公団住宅の敷地内はもちろんのこと、まわりはもっぱら原っぱと畑に囲まれた長閑《のどか》な景色ばかり。車道はあってもさほど交通量の多い時代ではなかった。学校から帰ると縁側にランドセルを放り出し、その足で阪田家を始めとする近所の子供の家にすっ飛んでいく。

「けいちゃーん、遊ぼ！」

それが毎日の日課と定められていたかのように、私たちは原っぱや団地の広場で、ゴム段、だるまさんが転んだ、かくれんぼ、虫取り、四つ葉のクローバー探し、近道探索などに熱中し、疲れ果てたら阪田家に転がり込んで、おやつを食べたり歌を歌ったりして日が暮れる寸前まで遊び呆けた。

しかし、私は小学三年生の年に新宿区へ引っ越す。そのためしばらく、阪田家とは疎遠になった。だからその後、次女のなっちゅん（と呼んでいた）がクラシックバレエを習い始め、続いて宝塚に入団を果たすという出世の経緯をほとんど目の当たりにしていない。

「偲ぶ会で佐和子ちゃん、スピーチお願いしますね」

今回、偲ぶ会を主催した姉上の啓ちゃんから事前に頼まれた。わかりましたと快諾したのはいいけれど、はて何を話せばいいのやら。近年、ますます記憶力の低下が顕著になってきた。遠い昔のことは覚えているとは言え、毎回、同じような話をするのも気が引ける。実際、なっちゅんのご葬儀でも、その後のお別れ会でも、すでに話したエピソードばかりが頭に蘇る。いや、どの話をしてどの話をしていないかも定かに思い出せない。

「えー、うまく話せる自信、ないよぉ」

一つ歳上の啓ちゃんに泣き言をぶつけると、

「大丈夫。なんなら独演会にしてもいいよ」

なぐさめおだてられ、そして当日、立食の会場に赴くと、没後十年を経たとは思えぬ盛況ぶりである。宝塚の同期や後輩たち、幼馴染みやご親戚一同、個人的に親しかったファンの方々を合わせ、予定をはるかに超える三百人ほどの人々でごった返していた。

会の冒頭で披露されたのは、なっちゅんが宝塚を退団したあと、各地で一緒にライブを行っていたタンゴ楽団のメンバーによる演奏だった。バンドネオン、バイオリン、チェロとピアノの演奏に加え、どこからともなく歌声が流れてきた。が、その姿が見えない。

「え、誰が歌ってるんですか？」

宝塚時代の旧友にこっそりお訊ねすると、

「なーちゃんですよ」

宝塚の仲間には、なーちゃんと呼ばれていたらしい。が、まさか。じゃ、録音？　生演奏と録音された歌声が見事にコラボしている。なるほど懐かしいなっちゅんの声だ。まるで会場に化けて出たかのような臨場感。その活き活きとした歌声を聞いているうちに、私の脳みそがじわじわと動き出した。

続いて、なっちゅんと深い馴染みのあった方々のスピーチ。宝塚時代、一緒にステージに立っていたスターたちの歌。その合間に料理をつまみ、なっちゅんと一緒に団地を走り回った思い出のある友達との再会を果たす。

「お久しぶりー、佐和子ちゃん！」

「やだあ、もしかしてまみちゃん？　赤ちゃんだったのに、立派になられて！」

私の脳みその奥に隠れていた記憶が少しずつ暴れ出した。そうだった、ああだった……。

「では、ここで幼馴染みの阿川佐和子さんに一言、お願いいたします」

とうとう私の番が回ってきた。私は会場の前方に設えられた台に上がり、マイクを握る。

「えー、何をお話ししたらいいのか……」

冒頭でそう断りつつ、頭の中で最前、演奏されたタンゴの曲や歌声がグルングルンと駆け巡り、そして私の思い出も駆け巡る。

私は小学二年生の頃、石垣から転落して頭を打ち、その後しばらく頭に白い包帯を巻いていた。それからまもなく、なっちゅんがどこかで頭を打って包帯を巻いたとき、幼いなっちゅんは私の顔を見るたびに、赤ちゃん言葉で嬉しそうに叫んだものである。

「さばこちゃんと、おんなじっと！」

宝塚初舞台と聞いて啓ちゃんと一緒に観に行くと、走り回るたくさんの兵隊たちの、どれがなっちゅんか、とんと判別できずに閉口した。その後あっという間にトップスターとなり、テレビのトーク番組に父上の阪田寛夫氏ともどもゲスト出演される。親子揃って無口という噂に恐れをなしたテレビスタッフから、当時すでにその局の他番組に出ていた私は「悪いけど、会話をはずませるためにサプライズゲストになってくれないか」と頼まれた。結局、サプライズゲストが一人で喋り倒し、かたわらの父と娘はひたすらニコニコ頷くだけで、番組が終了した。

幼い頃、お姉ちゃんの背中を追って泣いてばかりいたなっちゅんが、試練のときを経て、トップスターとなっても驕ることなく、同期や後輩にこれほど深く慕われ、未だにその死を惜しまれているのを見るうち、記憶の制御が不能となった。悲しむ時期はとうに過ぎたと思っていたが、ダラダラぐだぐだ喋りまくるうち、涙も言葉も止まらない。

偲ぶ会や葬儀は、故人を偲んで集まった人々の脳みその抽斗《ひきだし》を爆発させるためにあるのかもしれない。翌日、姉の啓ちゃんからメールが届く。

「昨日は、素晴らしい独演会ちゃうスピーチを賜りましてありがとうございました」

宣材写真の消費期限

かつてテレビの生番組で長年一緒に仕事をした構成作家のIさんから「今、僕が住んでいる高齢者向けマンションで、君に講演をしてほしいって頼まれたんだけど、どう？」という電話をいただいた。以前、Iさんのお見舞いに伺った際、マンションの支配人の目に留まったようだ。ありがたいことではあるのですが、実のところ、基本的に講演は苦手である。さりとてお世話になったIさんからのご依頼となれば、無下にお断りするわけにはいかない。

Iさんは八十歳を超えてまもなくの、今から七年ほど前に、それまで住んでいた家を引き払い、ご夫婦揃って高齢者向けのマンションに移られたという。

その高齢者施設、姿かたちはまぎれもなくマンションであるのだが、高齢者が住みやすいような設備が見事に整っている。居室に台所とお風呂はあるものの、一階中央の広いレストランに出て行けば、朝昼晩の食事を摂ることができる。食後は日当たりのいいロビーでゆっくり新聞を読んだり、コーヒーを飲みながら仲良し同士、お喋りに興じたりすることも自由。他にも大浴場、ビリヤード室、麻雀室、プール、緑に覆われた大きな庭などがあり、もちろんクリニックも万端準備されていて、さらにマンションの隣には大きな病院が建っているので、手遅れになる心配もなさそうだ。

先年、奥様を亡くして気落ちしていらしたIさんだったが、住み心地のいいこのマンションで心安らかに、漢字ドリルを常の友として一人暮らしを続けるうち、だいぶ元気を回復されたように見える。講演当日、久々の再会を果たしてみると、足取りもしっかりと、

「まず会場を下見して、マイクや演台の具合をチェックしてくれる?」

すっかり昔のテレビマンの本領が復活したかのご様子。

「せっかく佐和子さんが来るならと思って仲間にも声をかけたら、集まったよ」

Iさんの横には昔のテレビ仲間が三人集い、「我々も先生のお話を伺いにきました」と、会って早々、私を茶化すところなんぞは、互いのシワシワタレタレ変貌ぶりはさておいて、かつての遠慮なき会話となんら変わりがない。その勢いで、

「ねえねえ。あの写真、何年前の使ってんだよ」

講演の案内用にマンション各所に貼り出された私の写真入りポスターのことを仲間のひとりに指摘された。どれどれと改めて確認すると、なるほど私が以前より気に入っている笑顔全開の、でもシワがない写真であった。

講演やトークショーを開催するときに、宣伝用として提出する写真はだいたい決めている。通称、宣材写真。もちろん、本人としても写りがいいと思われるものを選んである。仕事柄、写真を撮られる機会は多いが、いつも「いい顔」で写るわけではない。土台が土台であるから無謀な望みを抱くことはできないが、他人様が見たときに、「阿川って、こんな顔なの?」と幻滅されたくはない。

昔は難儀したものだ。撮っていただく写真の多くが、唇を突き出していたり、目尻のシワが砂場に残ったカラスの足跡のようだったり、顔色が悪かったりと、なかなか適当な一枚を見つけることができなかった。が、デジタルカメラが普及して以来、その悩みが多少軽減されるようになる。

あるとき、女性誌の取材で撮っていただいた写真が、いつになく美しく写っていたので私は大いに喜んで、秘書アヤヤに見せると、

「こういう写真を宣材写真にしましょうよ」

「そうだね。お願いしてみようか」

 こうして私はその雑誌の担当者に電話した。

「あのー、この間、撮影していただいた写真、宣材写真用に使わせていただくことはできないでしょうか」

　するとと電話の向こうの担当男性が、しばし黙した。急に恥ずかしくなる。わがまま
な要求かもしれない。慌てた私は、

「もちろん、使用料はお支払いします。実は私にしては美しく写っていたので嬉しく
て」

　先方、なお反応悪し。さらに慌てた私はつけ加え、

「もちろん、修整しているとは思いますけどね、ホッホッホ」

　すると相手がはっきりと声を発した。

「いえ、そんなには、してません！」

　やっぱり修整していたのか……。

　デジタル写真はかくのごとく被写体に幸せをもたらしてくれる。しかし、そのとき

使用許可を頂戴した一枚は、五十代初めの写真である。しばらく有効に使用したのち、さすがに何度か更新を余儀なくされ、そして今回の講演会のポスターで使用したのはたしか……。

「もしかして十年以上前の写真だろ？」

仲間にからかわれ、私は即座に、

「そこまで古くない……はず！……まあ、少し修整はしてあると思うけど」

さて、講演を始めるにあたり、このイベントの企画をなさったマンションの支配人にご挨拶をした。開口一番、

「ようこそおいでくださいました。皆様、楽しみに待っておられます。あのポスターの写真を見て、是非お話を聞きたいって。あの写真の笑顔がすごくステキで元気になるって評判になっていますよ」

私は笑ってお礼を言いながら、同時にかすかな不安が胸をよぎる。あの写真につられて会場に集まった方々は、実物を目撃してどう思われることだろう。あら、ずいぶん写真と違うじゃないの。もしかしてだいぶ若い頃の写真なのかしら。それともかなり修整してあるんじゃない？

仕事柄、宣材写真は必要不可欠である。だがしかし、この写真の消費期限をいつと定めるか。それが常なる悩みである。で、講演はうまくいったかって？

昔仲間に言わせると、

「驚いたねえ。よくあれだけよどみなく、ペラペラペラペラ喋るようになったもんだ。昔はオドオドしてたのにねえ」

忘却の他人事

週刊誌のインタビュー連載と、テレビのトーク番組の仕事を合わせると、私は月に最低八人の方に話を聞くという生活を長く続けている。今まで何人ぐらいの人にインタビューをしたかと問われても、わからない。たくさん。だからときどき、忘れる。すみません。ゲストの方々には、はなはだ失礼なことと承知しつつ告白すると、お会いしたこと自体を忘れてしまうことが、ある。

さる方が週刊誌のゲストに来られることが決まり、事前の資料読みをしていた折、ラジオ番組のスタッフに会った。

「ほお、次はどなたと対談ですか？」

「初対面なの。どんな人だろうねえ……」

そう言うと、そのスタッフが私の読んでいた資料を覗き込み、

「大丈夫ですか、アガワさん」

「へ？」

「この方にアガワさん、半年前のラジオの番組で、インタビューしてましたよ」

それは誰だったのかと聞かないでください。

「アガワの場合は、たくさん会いすぎてるんだから、忘れるのは無理ないって」

慰めてくれる人がいる。しかし、私は不安になる。こんなことでこの先、いつまでインタビューの仕事を続けていられるか……。

インタビュー相手を忘れるだけではない。いろいろ、さまざま、あらゆることを、どんどん、忘却の彼方へ追いやっている。

過日、『婦人公論』の巻頭エッセイで、ジェーン・スー氏が書いておられた。自然災害に遭った人々の避難所で、生理や授乳などの問題と闘いながら生活をする女たちの苦悩を、周囲の男性は気づいていない。「老人や子どものことは気にする人でも、健康な女と自分のあいだにも、かなりの差があることは認識できない」と。女たちは和を乱すことを恐れすぎている。我慢せず、遠慮せず、もっと主張すべきであるとスーさんが誌面で訴えた。

読んでハッとした。私はすっかり忘れている。授乳の経験はないので、忘れる以前の問題だが、少なくとも「生理」（という言葉すら口に出すのを憚られる世代だが）の苦悩については、「どんなだったっけ」と、敢えて記憶の抽斗を開いてみない限り、まことに他人事になっている。

ときどき、思い出す。たとえば仕事場で、若い女の子の顔色が悪いとき、「どうしたの、風邪？」と訊ねて、「いえ」と俯《うつむ》かれ、「そっか」と気づくのだ。お手洗いの隣のブースから、カランカランとホウロウ容器のぶつかる音がして、「ああ、そうなのかな」と想像する。しかし、そういう痛みや面倒のあれこれに、私はもはや共感することはない。経験したにもかかわらず、すっかり忘れてしまった。

生理どころか最近は、更年期障害ピーク時のつらかった感覚も薄らぎつつある。一時は「誰もわかっちゃくれない」と首の後ろの汗を拭き拭き、ヒステリックに号泣していたくせに、私より少し若い女性が怒濤の汗と闘っていると、「ああ、あなたも来たか、ほっほっほ！」なんて、笑って受け流す。なんと薄情なあたしでしょう。

母が九十二歳を迎えた。この一ヶ月ほど、自分の身の回りが落ち着かず、母の介護をサボっていたのだが、久しぶりに実家へ戻って母の世話をした。すると、心なしか母の認知症が進行したように感じられた。足元のふらつきも増している。一刻ごとに母の老いが進むことについては、とうの昔に覚悟を決めたつもりだ。まして頻繁に会っていればその進行具合にさほどショックは受けないだろう。が、一ヶ月のブランクを経て再会してみると、一気に老化したように娘の目には映る。

デイサービスへ迎えにいき、「さあ、帰るよ」と手を取ると、

「どこへ行くの？」

「ウチに帰るの」

「ウチってここでしょ」

こんなやりとりには慣れていた。が、以前なら、そのあと家に帰りつく頃までには、私が誰であるかを薄々とはいえ理解し始めた。

「これは、誰ですか？」

「えーと、私の娘。佐和子」

やったあ！　ガッツポーズをする。ところが今回は、ご飯をつくり、食べさせて、テレビを一緒に観て、お手洗いへ行かせ、歯を磨き、ベッドで寝かしつけるまで、

「私が誰か、覚えてる？」

同じ質問をさりげなく繰り返す。しかし、何度トライしても、「わかんない」。

翌朝、最後の駄目押しとばかりに聞いてみた。

「さて、これは誰でしょう？」

私は自分の鼻を指して訊ねてみる。すると母はキョトンとした顔で、

「お鼻ちゃん」

「ちがうよ。私、私は誰？」

「誰だっけ……？　私のおばあさん」

いつの頃からか、私はときどき母のお姉さんと認識されるようになっていた。が、このたび一気におばあさんに昇格か。

「おばあさんはないでしょう。ひどいなあ」

笑って返すと、私の顔をまじまじと見つめたのち、

「あら、だってシワシワじゃない。これ、おばあさんの顔」

こういうトンチに関しては極めて鋭い。いったい母の脳みそはどういう具合になっているのだろう。

「そうじゃなくて。私の名前は？」

しつこく食い下がる。が、出てこない。しかたなく私はメモ用紙を取り上げて、紙に「さわこ」と書いてみた。すると、ケタケタ笑い出した。やっと思い出してくれたか。と思いきや、

「へえ。さわこだってさ」

どうやら母にとって、娘の存在自体が他人事になったらしい。その境地に至るもまたよしとするか。いずれ、我が身世にふるながめせしまに。

ないものねだるな

　やや旧聞に属するが、このたびのラグビーワールドカップはすごかったですねえ。臆面もなく断言いたしまするに、私はまことのにわかファンである。

　にわかファンだから、ルールのすべては把握していない。ラグビーの歴史についても疎い。しかしジャッカルは知っている。ケッタイなかたちのボールを持って前進することは可能だが、仲間にパスするときは進行方向の後ろに向かって投げなければ反則になることぐらいはわかっている。なぜマイケル・リーチのことを、みんながリーチマイケルと呼ぶかも薄々理解して、「リーチ、リーチ！」と応援する。審判が笛を吹き、試合を止めるたびに周囲を振り返り、「なんで？　なんで？」と異様に騒ぐわりに、ポイントが入った途端、「よし、よくやった！」と立ち上がって偉そうにガッツポーズをする。こういう輩をにわかファンと呼ぶ。そして私は間違いなく、その一人である。

それはさておき、かのラグビー興奮期間を過ぎたのち、元日本代表キャプテンだった廣瀬俊朗《としあき》氏にお会いした。私はにわかファンらしく、素朴な質問を投げかけた。

「なぜ、ラグビーには、背の低い人、高い人、岩石みたいにごつい人、そうでもない人と、さまざまな体型の選手がいるのですか？」

すると廣瀬さんは快くお答えくださった。

「ポジションが十種類もあるので、選手一人一人が違った役割を担わなければならないんです。例えばラインアウトのときは、背の高い選手が有利ですし、その人をさらに高くするためにパワーのあるリフターが活躍する。頑丈な人はスクラムのときに力を発揮して、逆に背が低くてすばしこい人は、そのスクラムの中からボールを受け取って的確にパスをする。パスを受けた頑丈な人が相手チームの防御を潜り抜け、最後に足の速い選手がボールを抱えてトライを決める。だからどんな人でも、自分の利点を最大限に生かすチャンスのあるスポーツなんです」

ほおーと私は感心した。欠点は棚に上げ、その人の持つ利点をいかに有効利用するか。だから他人の体型や力量、さらには性格の違いすら、嫉妬やいがみ合いの種にならない。ワンチームの所以はここにありかと理解した。

廣瀬さんの話を聞いて、私は子供の頃に読んだ一冊の絵本のことを思い出した。『シナの五にんきょうだい』という絵本である。

シナに五人の兄弟がいて、見た目は五人ともそっくりだが、それぞれに異なる特殊能力を持っている。あるとき、「海の水をすべて飲み込むことのできる長男」が、故あって役人に捕まってしまう。首切りの刑を受けることが決まり、長男は、「母に最後の別れを告げたいので暇《いとま》をいただきたい」と申し出て家に帰る。そして戻ってきたのは、「鉄の首を持つ次男」。首をはねることができない。驚いた役人が、「では海に放り込む」と宣告すると、また暇を申し出て、「いくらでも足ののびる能力を持つ三男」と交代し、さらに「いくら火の中にいても燃えない四男」が登場する。全部書くとネタバレになるのでこのぐらいにするが、つまり、兄弟それぞれの能力を生かすことで死刑を免れたというお話である。

ラグビーとそっくりではないか。ないものにない。でも、あるものはある。もちろん、「ある」ものに甘んじていればいいわけではない。切磋琢磨し、そこそこに努力をしなければ、「ある」ものを磨き上げることはできない。さらにそれが自分に「ある」と見極めて、好きになることも大事であろう。ないものねだりばかりしていても楽しい人生は訪れない。

私自身、「あーあ、もっと背が高ければよかったのに」と愚痴を吐くことがしばしばある。が、そういうときは『シナの五にんきょうだい』を心に浮かべるようにしている。そうだ、今から長身になろうと思っても無駄だ。むしろ背の低いことで得したことを列挙してみよう。

昔、地面に落ちていた一万円札を拾った。交番に届けたら、一年後に私のもとに戻ってきた。スキー場ではリフト券を何度も拾ったことがある。私にとって地面は近いので、落ちているものがよく目に入るのだ。集合写真を撮るときは、たいてい最前列に押し出してもらえる。でもコンサート会場で前列の人が立ち上がるとなにも見えなくなる。電車や飛行機に乗り、上の棚に荷物を上げようとすると、誰かが助けてくれる。でも、誰も助けてくれないこともあり、そんなときは、つらい。

大学生の頃、家で留守番をしていたら、布団の販売員が訪ねてきたが、私のことを見て子供だと思ったらしく、

「お母さん、いないとわかんないよね」

情けなさそうな顔でそう言ったので、

「うん、わかんない」

子供の声色を真似て返答したら、帰ってくれて、助かった。

二十代後半にアメリカのレストランでワインを注文したら、「酒は出せない」と拒否されたこともある。外国のホテルのバスルームで鏡に顔を映すことができない。位置が高すぎる。ついでにバスタブが長すぎて、足を踏ん張れないのでいつも溺れかかる。さらに、便器も高すぎるぞ。足が下でプラプラ揺れる。

でもベッドはたいそう大きくて、贅沢な気持にはなるな。しかし翌朝、起きたとき、寝乱れたベッドを眺めて思うのだ。ほんの端っこしかシーツにシワを寄せなかったのに、力士のごとき巨大な客と同じ料金を払うのか。どうも納得がいかない。

ダンフミと同じデザインのワンピースを着たときのこと。長袖だと思ったら、彼女は七分袖になっていた。

「あーあ、私もあなたみたいに背が低かったら、可愛いって思われたのになあ」

ダンフミは、嘆息しながら私の肩に自分の肘を乗せる。ダンフミぐらい背が高かったら、肘置きにされることはないだろうになあと、私は隣で嘆息する。

詰まるところ

眼科医と雑誌で対談した。

テーマはドライアイである。以前、同じ眼医者さんと別の雑誌でお会いしたときに、

「先生、実は私、最近、涙が出て出て困っておるのです」

何年か前から始まった。家にいるときは別に支障ないが、化粧をして家を出て、外気に当たるとたちまち涙が流れ出す。拭いても拭いても流れるので、せっかくきれいに塗ったファンデーションが、目的地あたりではすっかり落ちているという有り様である。悲しくて泣いているのではない。風邪を引いているわけでもない。花粉症でもない……はずだ。いやはや参っておりますと相談したところ、

「それは、ドライアイですね」

即答された。そうなの？

ドライアイとは眼が乾燥する病気であり、ウエットになることではないと認識していたが、涙が出てもドライアイなのか。納得がいかなかったが、そのときの対談では他の話をする責務があったので、それ以上の質問を控えた。が、このたびはテーマが「ドライアイ」そのものである。

「そもそも、ドライアイって何ですか？」

まずは基礎的質問から始めたところ、明快な答えが返ってきた。

「眼を潤わせるための涙が、ストレスやパソコン画面の見過ぎなど、さまざまな要因によって正常に出なくなり、眼の表面が乾燥したり傷ついたりする症状のことを基本的にドライアイと言います。一方で涙が止まらなくなるのもドライアイの一種なんです」

涙が出ないことがドライアイなのに、涙が出過ぎるのもドライアイとはこれいかに。

「簡単に言うと、涙を排出する管、つまり水道でいうところの排水管が詰まって、吸収されるべき涙が外に溢れてしまう状態です」

ここで私はまたわからなくなる。涙は外に出るものでしょう。と思っていたが、

「涙は、眼を潤わせるために常に出ているのですが、役割を終えたら目の内側の排水

管から体内に吸収されるんですよ」

ところが吸収されるはずの排水管が詰まってしまうと、流れ落ちる場所を失うので、外に溢れ出てしまうのだそうだ。

「ことに風が吹くなどの外的刺激によって、とめどなく溢れ出てしまうのです」

驚いたもんだ。涙って、体内に吸収されていたのか。

「ほら、目薬を差したあと、鼻の奥のほうで苦く感じたりするでしょう。あれは排水管を通って鼻に流れ落ちた目薬の残りです」

言われてみればたしかに目薬は鼻の中に入ってくることがある。涙もその管を通って排水されていたとは知らなかった。

それにしてもなぜ私の涙の排水管は詰まったのか。そのことについて先生はニヤリと笑うだけで何もおっしゃらなかったが、これもまた、老化現象のなせるワザではないかと私は疑っている。

歳を重ねると、身体のあちらこちらが詰まり始める。血管が詰まり、骨と骨の間が詰まり、そのせいで背丈が詰まり、お腹には脂肪がたっぷり詰まって永久脂肪と化す。そのくせ大事なことは体内に詰まってくれず、どんどん流れ出ていく。いや、もしかして脳みそが詰まるから、新しい記憶が涙のごとく外に溢れ出てしまうのか。

まず、人の名前がどんどんばんばん出ていく。もともと覚えがいいほうではないが、とみに記憶力が落ちている。二週間に一度のわりで会う仕事仲間の一人に「ホリワキ」という名の青年がいるのだが、彼の名前がどうしても頭に入らない。会うたびに、

「ホリコシ君だっけ……？」

訊ねると、

「コシじゃなくて、もう少し上です」

「上？」

「ワキです、ワキ」

「ああ、コシワキ君か」

「違いますって。ホリワキです」

「ホリにワキね。わかった。覚えました」

この会話をすでに二年以上、繰り返している気がするが、未だに彼の前に出ると、正しい名前が出てこない。学生時代、どうしても生徒の名前を覚えられない先生がいて、誠意がないと批判的に見ていたが、あのときの先生の気持がよくわかる。六十六

歳でこの体たらくである。九十二歳の母が我が子の名前を忘れてしまうのは、無理からぬことと寛容な気持になりつつある。

「なんで泣いてるの?」

友達に会ったら驚かれたので、ドライアイであることを説明した。

「眼が乾くだけじゃなくて、涙が止まらないのもドライアイっていうんだって。もう私、眼も血管も詰まりまくってんの」

「血管も詰まってるの?」

「うん。動脈硬化。だから血液さらさらにする薬を飲んでます」

すると友達が真面目な顔で聞いた。

「なんていう薬?」

私は考える。薬の名前か……。バチミンじゃなくて、スタチンでもなくて……、

「忘れた」

そう、人の名前のみならず、薬の名前は金輪際、頭に残らない。

さて、涙が止まらないドライアイに関して、

「どうすればいいのでしょう」

眼医者さんに最後の質問をしたところ、

「どうしても生活に不具合が出る場合は別ですが、放っておいてかまいません」

「このまま？　泣きながら生きていくんですか？」

するとと先生、またもやニヤリと笑っておっしゃった。

「乾くドライアイより涙が止まらないドライアイのほうがラッキーだと思ってください。眼が潤うとキラキラして、きれいに見えますし。涙をたくさん出せるアガワさんは、まだみずみずしい証拠ですよ」

そういう結論か？　言葉に詰まった。

バラ色の少年

朝七時前。仕事に出かけようと玄関を出たら、同時にお隣さんのドアが開き、お母さんとご子息君が出てきた。

「こんな早くから、そちらもお出かけですか？」

お母さんに訊ねると、眉をひそめて、

「今日、受験なんですよ」

そういえば、以前からそのお母さんに聞かされていた。中学受験生を抱えているから家の中がピリピリしていて大変なのだと。そうか、いよいよ勝負の日が訪れたのか。

一緒にエレベーターに乗り込んで、私は、私より背の高い小学六年生のダウンコートの背中を叩いた。

「頑張れ！」

青白い顔をした少年は、不安そうな顔をこちらに向けて苦笑いをした。

こういうとき、どんな言葉をかけてあげればこの子は元気になるだろう。「頑張れ」はいけなかったかな。本人、精一杯に頑張った結果の今朝を迎えたにちがいない。エレベーターを降り、マンションの玄関まで三人、肩をすぼめて早歩きをしながら、私はもう一声、笑いながら追加した。

「あとはバラ色の人生が待ってるね！」

すると少年のかわりに、お疲れ気味の顔をしたお母さんが答えた。

「バラ色だといいんですけど」

そうね。これも妥当な声かけとはならなかったか……。

受験親子と手を振って別れたあと、私の頭に昔の情景が蘇った。はるか昔、私も私立の中学を受験した。憧れの女学校だった。そもそもは母の憧れである。母の少女時代、通学路でいつも見かけるセーラー服姿のおねえさんがステキだったという。

「あのセーラー服を私も着たかったのよ。でもその夢は叶わなかった」

その話を何度も聞かされるうち、いつのまにか私にとっても憧れの女学校になっていた。

親が私に私立校の受験を許したのは、私が勝ち気で神経質な性格だったせいもある。高校までエスカレーター方式で進学できる女学校に入れば、のんびりお嬢様たちの影響を受けて、佐和子ももう少し穏やかな性格になるのではないか。親はそう願ったようだ。そして受験生活が始まった。

勝ち気で神経質なわりに、怠け心もおおいに持ち合わせていた私は、「あの学校に入りたい」という気持は強くとも、「だから勉強をしなければ」という切り替えに至らない。

進学教室で驚くほど悪い点数を取ってきた日、それまで勉強についてうるさく言うことのなかった父が、烈火のごとく怒り出した。

「お前があの学校に入りたいというから進学教室に通わせて、学費の工面もするつもりでいたのに、なんだ、その態度は。そういう了見なら受験は許さん！」

父に怒鳴られ、私は泣いて謝った。

「ちゃんと勉強します。だから受験させてください」

そう誓ったにもかかわらず、私は再び過ちを犯す。ラストスパートとしてつけてもらった家庭教師の先生の言いつけを守らず、

「宿題？　あ、まだできてなくて……」

恐る恐る答えたら、到着したばかりの先生がすっくと席を立ち、部屋を出ていかれた。しめた、これで今日は解放されるかな？　喜んだのもつかのま、母が暗い顔で先生を玄関先まで見送ったあと、

「先生、相当なお怒りようだったわよ。そんないい加減な気持じゃ受かりっこありません。今日は一人で反省させてくださいって」

私はまた泣いた。ごめんなさい。改心します。泣いて反省することは早いのだが、反省が長続きしないのも私である。そして翌年の早春、いよいよ勝負の日を迎えることとなる。

受験当日のことははっきり覚えている。まず受験生は全員、女学校の大講堂に集められた。薄暗い講堂を見渡すと、同い年とおぼしき女の子の顔が、どれもこれも、あっちもこっちも、どいつもこいつも賢そうに見える。無理無理。こんな人たちに勝てるわけがない。怯えつつ私は席を立ち、講堂の隅っこへ行って目薬を差した。もともと私は白目が赤くなりやすいタチだった。目の検査で落とされてはいけないと、事前に知り合いの眼医者さんから「白目を白くする目薬」をもらっていたのである。

「人目のあるところでいきなり目薬差し始めたから、びっくりしたわよ」

呆れたエピソードとしてのちのちまで母に語り継がれることとなった。しかし、目薬のズル（？）を注意されることもなく、緊張の入学試験をなんとかクリアし、そして数週間後、運命の発表日が訪れた。

たしか母と二人で見つけたのである。あまたならぶ数字の中に、私の受験番号があるではないか。

「あったあああああああ！」

その瞬間の驚きと狂喜乱舞。一緒に合格した友達と跳び上がって喜んで、私は確信した。

これで私の人生はバラ色になった。これからはバラ色の生活が待っているのだと。でもお隣の少年よ。実際は思ったほどバラ色ではなかったんですね。そりゃ、新しい中学生活は楽しかったし友達もたくさんできたし、今でもあの学校で過ごせたことはよかったと大いに感謝しているが、バラ色ばかりではなかった。その後、学校を卒業し、さらに泣いたり笑ったりつらいと思ったり、イヤなヤツに会ったりオトコに振られたり、いろいろありました。だからね。志望校に合格してもバラ色とは限らない。

そのかわり、不合格になっても、決してグレーなばかりの人生じゃないと思う。そう言いたい。たった一度の失敗で、どうか落胆しすぎないように。でももしかすると少年はすでにバラ色に包まれているかもしれない。それもいいだろう。どうなったかな。隣の玄関の開け閉めの音に耳を傾けながら、私は今、ドキドキしている。

ストレスの正体

新型コロナウイルスのおかげで世の中、ひどいことになっている。メディアは「冷静になりましょう」と言いつつ、感染者の数を日々刻々と更新し、犯人を追跡するかのごとく感染経路を図に表して人々の恐怖を増幅させる。ちまたでは「外国では日本人もウイルス保有者のように避けられてるらしい」と、眉間に皺を寄せて嘆きながら、同時に「中国人がたくさんいるところには近づかないようにしよう」と囁き合う。イヤな空気だ。

しかしもはやどの国の人か、どちら方面から帰ってきた人かなどという段階は過ぎた。私も僕も、あなたも君も、アイツもコイツもこのウイルスを保有しているかもしれない。

昨日、ウチの秘書アヤヤの声がおかしかったので、

「もしかして、コロナじゃないでしょうね？」

冗談めかして訊ねると、

「違います！　花粉症です！」

そしてまもなく、コンコンと咳をするので、

「その咳はなんだ？」

問い質せば、

「咳払いです！」

パワハラだあと抗っていたアヤヤ、今朝がた、ガラガラ声で電話をしてきて、「熱はないんですけれど……、ちょっと喉がおかしくて」と言うので、「来るな！」と出社禁止を命じた次第である。

新型コロナウイルスに対抗するワクチンがない現在、最低限の防御策は、手を念入りに洗うこと、そして免疫力を上げることだという。しかし、「手に無数のウイルスが付着して、その手で粘膜に触れるとウイルスが体内に入る」と言われれば、帰宅して手を念入りに洗うだけでは安心できず、戸外でドアの取っ手や電車のつり革や階段の手すりやエレベーターのボタンなどに触れようとするたび、躊躇する。ずぼらな私

でさえ危機感を抱くのだから、まもなく街はマスクとゴーグルと手袋をして歩く人だらけになるのではないか。

そしてもう一つの防御策として「免疫力をつけろ」というが、これがどうもわからない。

「そもそも免疫力ってなんですか？」

某科学者に質問した。もちろん私とて、だいたいは把握しているつもりだ。たとえば疲れていたり身体が弱っていたりするときに風邪を引きやすいと言われれば、なるほど免疫力が低下している身体を風邪菌は狙ってくるのだなと、その程度の理解はできる。しかし、どうすれば免疫力を上げられるのか。同じ生活をしていても、もともと免疫力の高い人と低い人がいるのか。発酵食品やキノコ類をたくさん食べると本当に免疫力がつくのか？　私の問いに、科学者はニッコリおっしゃった。

「要は、ストレスを溜めないことです」

私はまたもや頭を抱える。このご時世、体調を崩すとすぐに出てくるのが、「ストレス」という言葉だ。こんなに頻繁に使うのに、その本質はどうも見えてこない。

「ストレスって、つまりなんなんですか？」

穏やかな科学者に私はまたもや食ってかかった。と、

「ストレスとは、外からの刺激によって緊張したりイライラしたりプレッシャーを感じたりすること。つまり、苦にすることですね！」

その返答を得て、私は思い出す。私の父は無類の「苦にする人」だった。自ら車を運転していると、「俺が通過しようとする交差点の信号は、すべて赤になる！」と言って譲らなかったし、外出先から電話をしてくると（携帯電話のない時代）、「俺が電話をすると必ず話し中だ」と毎回怒っていた。

娘が中学生の頃から、「お前が結婚披露宴をしたら、お前の友達のスピーチはダラダラ長いにちがいない。しかも何度も色直しなんぞしやがって、実にくだらない。想像しただけで腹が立つ」と不機嫌になり、他人様から届け物がある（まだ届いていない段階）と聞くや、「礼状を書かなければならない」ことを苦にし始める。まだ起きてもいないことにこれほど本気で憤慨する人間を、私は父の他に知らない。そんな父は、格別重篤な病気に罹ることもなく、九十四歳にして老衰で大往生を遂げた。あらゆることを苦にしながら、たいそう長生きをした。

父が壮健であった頃、どこかのお医者様と対談をしたそうだ。

「先生、長生きの秘訣はなんですか？」

父が訊ねると、お医者様が答えられた。

「人にストレスを与え続けることです」

それを聞いた父は意気揚々と帰宅して、そのことを母に告げた。

「お前、いいことを聞いてきたぞ。長生きの秘訣は、ストレスを自分で抱え込まず、人に与え続ければいいそうだ」

それを聞いた母は、静かに呟いた。

「じゃ、ストレスを受ける側の私はどうすればいいんですか」

しかし、その母も、人一倍のストレスを受け続けてきたわりに、九十二歳で、過去の苦悩も二分前のこともケロリと忘れて明るく元気に生きている。

アヤヤから再び電話があった。

「そんなに具合悪くないですから、出社します」

私は答える。

「来るな！」

そして私は追加する。

「決してアヤヤが憎いのではありません。アヤヤについている……かもしれないウイルスが憎いのです。来ないでちょうだい！」

この文言、父から受け継いだ。父は私が風邪を引いて咳の一つもした途端、あたかも野良猫や犬を追い払うがごとく、シッシと手を前後に振って、

「あっちに行ってくれ。俺の前に現れるな！」

と叫んだものである。そしてつけ加える。

「お前が憎いんじゃない。お前についている風邪のウイルスが憎いんだ！」

今回のウイルス騒動に父が存命であったなら、どれほど邪険にされたかと想像するだけで私のストレスは倍加する。

どうしよう、わかんない

誰もが蟄居《ちっきょ》を余儀なくされるこのご時世。さてどう対処したものか……。

人の心のかすかな不安は、塵も積もって山となり、トイレットペーパーやマスクの売り切れパニックを起こすのだなあと、空しい溜め息をついていたところ、今度はタクシーの運転手さんから、

「最近、道が混んでるんですよ。みんな、混んだ電車に乗るのを避けて、自家用車通勤に切り替えてるのかと思うんです」

なんて話を聞いて、なるほどなるほどとおおいに納得する我あり。

我が家族にも小さな不安と迷いと、いつもと違う動きが日々、更新されていく。というのも、九十二歳になる母が、過日、軽い脳梗塞を起こし、眠れる病院の老婆となった。左半身に小さな麻痺が出て、言葉がもつれ、左手に力が入らない。と思ったら

回復し、なんだ一過性のものだったかと安堵したのもつかのま、再び意識が朦朧とし始めた。

この新型コロナ騒動の折、不要不急の母との面会は避けたほうが無難であろうと、しばらく控えていた矢先のことである。

お医者様から「多発性脳梗塞」と診断される。年齢相応に血管が脆くなり、小さな梗塞をあちこちで発症している状態だという。小川に小石がひっかかり、水が堰き止められたものの、水流の勢いで再び小石がコロコロ転がり始めて流れが戻る。そんな光景を思い浮かべつつ、医師の説明を受けた。しかし、小石が無事に流れ過ぎたとしても、またいつ新たな小石か、あるいは大きな石がどこかの血管にひっかかり、血流を完全に止めてしまわないとも限らないのだそうだ。

「今後のことは、なんとも言えません」

医師に言われたことをきょうだいに伝えると、アメリカに住む弟が悩み始めた。

「どうしよう。どうなりそう？」

母の見舞いに帰国しようかどうしようかという問題である。説明するまでもなく、今、諸国で海外への出入国が制限されたり、あるいは敬遠されたりしている状況だ。

「もし、無事に帰国できたとしても、そのあとアメリカに再入国できなくなったら困るよ。どうすればいい？」

弟に問われても姉としてはなんとも返答のしようがない。

「それはお宅のトランプ君に聞いてくれ」

「俺、トランプ大統領と友達じゃないし」

あるいは帰国をしないと決断し、時期を見計らっているうちに、母に万が一のことが起きたら後悔するという。小さい頃から母に甘えて育った弟にしてみれば、海を隔てた遠い国で苦慮するのも無理からぬことである。

「母さん、なんとか元気でいてくれるかなあ」

そう聞かれても、これまた返答のしようがない。「しばらく大丈夫そうだよ」と答えて、そうでなかったら、あとあと悔やむだろうし、「先は短いぞ。早く帰ってこい」と命じて長生きしたら、それはそれでめでたいことではあるけれど、弟が本当にアメリカに戻れない身となっても責任は取れない。

「どうしよう……」

「わかんないよ……」

我が家ごときでこんな具合である。世の中に「どうしよう、わかんない」問答を繰り返している人々がどれほどいることか。我が国のトップは「とりあえずこの二週間！」とおっしゃるが、ならば三週目には混乱のピークを過ぎるのかと問えば、どうやらそんな気配はない。っていうか、もう過ぎましたよね、二週間。

実際、私のまわりでも、トークショーや講演会など、人を集めて開催する催しは次々に中止となっていく。

「あの講演、どうなるの？」

「まだわかんないみたいです」

この会話を数度、重ねたのち、

「やっぱり中止？」

「はい、決定しました」

最近の秘書アヤヤとの会話はこの繰り返しである。

そんな中、夏の仕事の打ち合わせをした。でも夏になってもこの騒動が収まっていなかったらどうするのですか。訊ねると、

「まあ、とりあえず、それは置いといて。今、考えてもしょうがないんで」

スタッフの言葉に私は思わず笑った。

かつてボスニア紛争最中のサラエボを訪れたことがある。残雪におおわれた街中に、遠くでダダダダダ、ドーンドーンと砲撃が轟いているにもかかわらず、大勢の市民が往来している。ときに笑顔も見受けられる。

「怖くないのかしら……」

驚いて、歩いている人を捕まえてインタビューをしたところ、

「今日は砲弾の数が少ないし、天気もいいから買い物に出てきました」

ニッコリ笑って応えてくれた。きっと心の中は悲しい気持でいっぱいのはずである。不自由な生活を強いられて、つらいことだらけにちがいない。しかし、これが戦争中の日常なのだ。命の危険を間近に感じつつも、その合間にかすかな楽しみを見出せなければ、人間は生きていけないのかもしれない。

戦場に暮らす人々と比べれば、はるかに平穏ではないか。ピリピリ神経を尖らせてばかりいても身体によろしくない。楽しいことを考えよう！

「ですよね。実は……」

ここで秘書アヤヤが窺うような目を向けた。

「今度の連休に新幹線に乗って旅をしようって、友達とずっと前から計画して予約もしちゃったんですが、ダメですかねえ？」

「なんだ？」

ダメですかって聞かれても。一瞬、戸惑う。アヤヤは若いからいいけれど、旅のあとに接するこの老夫婦はどうなる？　どこかでウイルスを拾ってこられたらと思うと不安がよぎらないわけではない。

「ダメじゃないけど……」

どうしよう、わかんない。

太陽の子

学校休校のあおりを受けて、公園に子供が溢れているらしい。そんな噂を耳にしたからというわけでもないけれど、買い物の道すがら、久々に近所の大きな公園に立ち寄ってみた。すると、まあ、いるわいるわ、うんちゃとおった。

いい光景だ。子供は土の上を走り回っている姿がもっともイキイキして見える。キャアキャアとどんなに奇声を発したところで、その喧騒はすべて木々や大気に吸収され、小鳥のさえずりや水音と共鳴し、耳に心地よく届く。子供とて、大人にいちいち「うるさいぞ！」と叱られるストレスから解放されているにちがいない。やっぱり子供は太陽の下で、身体中のエネルギーを結集させたかのような大声を発して走り回ることが、いちばん健康にいいのではないかしら。と思ったその矢先、私はあることに気がついた。

眼鏡をかけた子供が目立つ。ほんのよちよち歩きの幼児は別として、小学生以上とおぼしき年齢の子供の多くが眼鏡顔である。

かつて眼科医にインタビューをしたとき、衝撃を受けた。

「今の小学生の三人に一人は視力が〇・一以下の近視です」

ほんまかいな。さらに最近の調査によると、小学生の近視有病率はほぼ八十パーセントに達しているという。

有病率ってなんだ？　そう思い、調べたところ、「ある時点、ある地域内の全患者数をその地域の人口で割ったもの」なのだそうだ。よくわからないけれど、いずれにしても、眼鏡をかけなければ生活できない子供が急激に増えていることは間違いなさそうだ。

私が小学生の頃……って、今から六十年ほど昔のことですが、クラスの中に眼鏡をかけている生徒はほんの数人だったと記憶する。そして、眼鏡をかけている子は「勉強のできる子」という暗黙のイメージがあった。少なくとも、運動神経には優れているが成績はまあまあねという子に眼鏡をかけている子供はいなかった。

現にその頃、欠かさず見ていたＮＨＫの人形劇『ひょっこりひょうたん島』で、眼鏡をかけていたのは「博士」と呼ばれる男の子一人である。頭がよく、知恵がまわり、何か事件が起きると仲間たちはこぞって「博士」に意見を求める。頼りになるのはいつも眼鏡をかけた「博士」であった。眼鏡は「賢い子」の象徴なのである。

かくいう私は本を読むのが苦手で、学校から帰ってくるとランドセルを放り出し、団地周辺や原っぱを走り回ってばかりいた。そのおかげかどうかは知らないが、たしかに視力には恵まれていたように思う。

小学生のときの数値は記憶にないが、中学の身体測定での事件は覚えている。視力検査の部屋に入り、

「はい、そのスプーンを片目に当てて、前方の文字を読んでください」

先生の指示に従って、片目に冷たいスプーンを当てた。当時、私はたいそう真面目な子供だったので、思い切り力を込めてスプーンを目に当てた。そして棒の先で示された文字や記号を大きな声で読み上げたところ、

「はい、一・二です。では、今度は反対の目にスプーンを当てて」

そう言われ、満足しつつ目からスプーンを外し、反対側に移したら、前がぼやけてよく見えない。読めない、ホントに読めないぞ。

「はい、〇・二です。けっこうです！」

スプーンを強く当てすぎて、ガチャ目と思われたかと落ち込んだ。

でも基本的にはその後も眼鏡を必要とすることなく大人になった。眼鏡をかけるようになったのは五十代に入ってから、老眼を自覚して以降のことである。だから眼鏡歴は比較的、浅い。今や食事中すら眼鏡をかけないと料理が明瞭に見えない身となってしまったが、それでもなお、眼鏡をかける生活に馴染まない。長時間、眼鏡をかけてパソコンに向かっていると、しだいに鼻の上が痛くなり、肩が凝る。わずらわしさのあまり眼鏡を外すと目の前の文字は何も見えなくなる。顔を洗うとき、服を着替えるとき、眼鏡を外すのを忘れて失敗したことは数知れず。外したら外したで、どこへ置いたかすぐに忘れる。ハッと気づいたときは、眼鏡を訪ねて何千里。一日の半分は、眼鏡探しに時間を費やす日々である。

先日は、シャワーを浴びて我ながら驚いた。なぜこんなに目の前が曇るのかと思ったら、眼鏡をかけたまま湯を浴びていた。

公園で走り回る子供たちを見て思う。彼らは眼鏡をわずらわしいとは思わないのだろうか。これから少なくとも半世紀以上は眼鏡とつき合うことになるのである。もちろんコンタクトレンズに切り替える人もいるだろうけれど、いずれにしても常に視力を補う手立てを考慮しなければならないのか。大変だろうなあ……。

「そんなことを苦にしていたら生活できませんよ。世の中にはもっと大変な人がいっぱいいるんですから。バチが当たります」

子供の頃から眼鏡生活に順応し、「眼鏡を苦にしたことはない」と言う秘書アヤヤにたしなめられて反省する。おっしゃる通りです。でも、反省しながら考える。

今、子供たちにとっては不自由な生活を余儀なくされる状況であるけれど、せめて太陽の光を思い切り吸収してもらいたい。開放的な空気の中で、たまには眼鏡を外し、たっぷりバイオレットライトを浴びてほしい。

あ、バイオレットライトというのはですね。眼科医の話によると、「屋外環境下だけで浴びることのできる、網膜に好影響を与える光のこと」だそうだ。その光の力を得て近視が治るかどうかは定かでないが、少なくとも室内でネット画面を凝視し続けるよりははるかに目に優しいはずである。子供たちに幸あれ！　賢くなるのも大事だろうが、たまには大地に飛び出して太陽の子となれ！

私の好きなもの

久々に出版したエッセイ本を知人友人に送ったところ、次々にメールが届き、その文面がいずれもほぼ同じであることに驚いた。

「新刊、ありがとう。この自粛モードの中、なによりありがたい贈り物です」

そうか。外出を控えなければならないときは、読書をして心を静めるに限る。まあ、私の駄文に触れて心を静めることができるかどうかは怪しいが、とりあえずそう思ってくださる人が多いのだと知って、こちらこそありがたい気持になる。鬱屈した日々の、ささやかなりともお慰みになるのなら、著者としてこれほど嬉しいことはない。ついでにまだお読みになっていない方々には、ネット注文でもいいですから我が本を選んでいただけたらもっと嬉しい……なんて、そんなずうずうしいお願いはいたしません。ぱったり客足が遠のいて、ぱったりモノが売れなくなり、ぱったり勤め先に行けず、仕事がキャンセル続きで死にそうな思いをしている人たちがどれほどたくさんおられることか。

こんなことを書いているそばからどんどん状況は悪化していくし、いったいいつまで閉塞生活を続けなければならないのかと、考えても埒が明かないからますます気が滅入る。

そんなときはできるだけ、好きなもののことを思い浮かべましょう。そう教えてくれたのは、映画『サウンド・オブ・ミュージック』の「私の好きなもの」という歌であった。

初めてこの映画を観たのは中学生のときだ。この歌も、この歌が歌われる雷雨の夜のベッドルームのシーンもいっぺんに好きになったけれど、歌詞の内容をきちんと理解したのはだいぶあとになってからである。それでも断片的に耳に留まる「雨粒」とか「バラ」とか「やかん」とか「茶色い紙」とか「りんご」とかが、いかにも魅力的に響いた。そして私は考えた。

自分にとってテンションの上がる好きなものはなんだろう。

比較的、匂いには興奮する。たとえばお茶を煎る香り。パンを焼く匂い。フライパンに油とニンニクを入れて炒めるとき。どこかの家から漂ってくる煮込み料理の匂い。オーブンから溢れ出るローストビーフの匂い……。思えばぜんぶ食べものでしたね。

季節季節の花の香りも好きである。沈丁花、水仙、クチナシ、スイカズラ、キンモクセイ。うわ、可愛い～と言いながら近づいて、花弁に鼻を近づけてもまったく匂いのしない花に出くわしたときは、少々がっかりする。そうそう、クリスマスが近づく季節、街のあちらこちらからモミの木の香りが漂い始めると、なぜかドキドキする。どうしよう、今年のクリスマス。ケーキを買おうか、リースは作るか、ツリーは飾るか、時間がないぞと、心がワサワサし始める。そしてモミの木の香りを楽しみながらテンションを上げて、ワサワサしているうちにその年は終わる。

匂い以外に興奮するものはですねえ。

ガントリークレーンに心が騒ぐ。あるとき気がついた。車でレインボーブリッジを渡って都心から羽田空港や千葉方面へ向かうとき、富士山が見えるかなと首を西、つまり右後ろの方角へ回すと、その手前に、赤白に塗られた巨大な鳥のコボットのごとき、たくさんのガントリークレーンが並んでいるのが目に入る。私はハッとした。なぜか胸がキュンとした。

その理由は、さらに年月をさかのぼる。

かつて私がアシスタントとして出演していた『情報デスクToday』という番組の特別企画でシンガポールを訪れたときのことである。当時、経済的興隆におびただしい勢いを見せていたアジア各地を各班に分かれて取材し、それを番組で紹介しようという試みであった。香港、韓国、シンガポール。私はシンガポール班に加わった。プロデューサー、ディレクター、カメラマン、音声担当、そしてレポーターの我々チームは頭を悩ませた。資料をいくら読んでもシンガポール経済のポイントがつかめない。香港班や韓国班と進捗状況を電話で情報交換してみるが、あきらかに他班は順調に進んでいる。うまくいっていないのは、我々だけらしい。

「どうしよう。また秋元さんに怒られるよぉ」

番組メインキャスターの秋元秀雄氏（故人）は仕事に厳しい人だった。

「いったいどこに目をつけて取材してきたんだ！　これじゃ番組にならん！」

秋元氏の怒鳴り声が聞こえてくるようだ。どうしよう……。オドオドしながら取材を進めていくうちに、たまたま現地で出会った日系企業の駐在員に話を聞く機会を得た。今、思い出してもその方のレクチャーのおかげでようやく取材の目処が立ったようなものである。当時の首相リー・クアンユーがどれほどシンガポールの経済発展を効率的に推し進め、どれほど具体的な政策を打ち立ててきたか。そのサクセスストーリーの背景を映像に収めて番組化するために、我々シンガポール班は奔走した。

「佐和子ちゃん、今日のシンガポール報告はよくできていたよ」

帰国したのちスタジオで放映した直後、秋元さんに珍しくお褒めの言葉をいただいて、私はオンオン泣いた。ちなみに六年間、その番組で秋元さんの隣に座っていたが、秋元さんに褒められたのはたった三回のみ。その一回がシンガポール取材だったのだ。

現地で我々はシンガポールの海沿いにあまた並ぶガントリークレーンを訪ね、流通の現場の人々にインタビューした。そのとき、巨大なコンテナが次々に積み下ろしされていくさまを見て、「すげええ！」と驚いたのを覚えている。

レインボーブリッジを渡るたび、自分が運転していないかぎり私は右後ろを振り向く。そして彼方にガントリークレーンがあるのを確認する。ダメレポーターがボスに認められたガントリークレーン取材。そのあと急速に実力をつけたというわけではないけれど、嬉しかった思い出だ。めげたとき、ガントリークレーンを見ると勇気が湧いてくる。

マスクの教訓

　マスクが払底していることがしばらく社会問題となり、私も最初の頃はそれなりに慌てた。そもそも買い置きはなかったし、さりとて早朝から薬局の前に並ぶのも憚られる。ケチな私のことゆえ、当初はわずかに持っていた市販のマスクを何日も使い回していたのだが、そのことを笑い話のつもりで吹聴していたら、

「そんなことしてはいけません！」

　仕事先の（その頃はまだテレワーク状態にはなっていなかった）編集部の女性に叱られて、会社で使う用の分を数枚、こっそり私に手渡してくださった。

「いえいえ、私は大丈夫。もっと困っている人に差し上げてください」

　なんだか戦時中、限られた芋や米を秘かに分けてくださる慈悲深き人に巡り合ったような気分。そんな経験をしたことはないけれど、おおいに恐縮しつつも結局受け取

ってウチへ持ち帰り、その貴重なマスクを洗いながら使い回していた。

するとあるとき、「手作りマスク」の映像が目に留まる。ネットで見たのかテレビに映っていたのかは忘れたが、たしかアメリカ人のアイディアだった。

「ハンカチを三つ折りにして、端っこに輪ゴムをかけて、内側に折り畳む。ほら、マスクの完成だ！」

目からウロコとはこのことか。

なんだ、作ればいいいんじゃん！

さっそく私は戸棚を漁り、小ぶりのタオルハンカチを取り出した。三つ折りにして、続いて輪ゴムね……。輪ゴム輪ゴムっと。そのたぐいの「留めもの」は台所の抽斗にうんざりするほど取ってある。輪ゴムのみならず、パンや野菜のビニール袋をねじって留めるための……なんていうの、ほら、中に細いはりがねが入っている銀色や金色の留め具とか、包装用の紐とか、基本的になんでも取ってあるのだが、その箱をゴソゴソ漁っているうちに、輪ゴムよりいいものを見つけた。お菓子箱などを包むために使う色つきゴム紐だ。このほうが輪ゴムより耳への当たりが柔らかそうである。輪ゴムや包装紐と絡み合ってなかなか出てこないところをなんとか単独救出に成功し、耳に当てつつ、適当な長さに切る。両端を合わせて輪っかにし、ハタ結びにする。

ハタ結びとはなんぞや。釈迦に説法と存じつつ簡単に解説すると、結び目をできるだけ小さくしつつも解けることなく糸を結ぶ方法のことで、故意に解こうとすれば簡単に解ける。なぜだ？　知らない。私はこの結び方を若い頃、機織り職人を目指していた修業中に覚えた。命をかける船乗りにとっての「もやい結び」と同じものらしい。それほどに結び目が頑丈なのだと教えられた。機織り職人の場合は、ピンと張った縦糸が切れたときに有効だ。機にかけたままの状態で、糸の長さに余裕がなくても結ぶことができる。

そんな話はさておいて、輪っかにした二本のゴム紐をタオルハンカチの両端にかけ、端を畳んで顔に当てる。

ちょっと息苦しいぞ。タオルじゃ厚すぎる。

再度、戸棚を漁る。おお、これがいいね。ガーゼハンカチを発見。こけしの柄が愛らしい。三つ折りにして、くだんの輪っかゴム紐を両サイドにかけ、端を内側に折り畳んで鼻の上にのせる。

なかなか上出来だ。市販のマスクよりは厚くて防御力がありそうだし、ミシン要らずで簡単だし、口や鼻に優しいし、さらなる利点は、帰宅したら手を洗うと同時に、輪ゴムを外して石鹸でジャブジャブ洗って干しておけばいい。

「見て見て。作ったの」

これまたあちこちで自慢しながら使っていたのだが、そのこけし柄マスクをかけて久しぶりに食料品の買い出しにスーパーへ赴いたら、いつのまにやら手作りとおぼしきマスクをした人の多いことに驚いた。柄物、色物、デザイン物。小さなボタンを飾りに縫い込んだマスクもある。ひだをつけて顔の曲線に合うよう工夫されているのもある。参りました。みなさん、お上手！

そして私はさらに気がついた。最初から作る知恵を持っていれば、マスクパニックなんぞ起きなかったのではないか。もちろん医療用のマスクは別である。N95という名の医療用マスクは、ウイルスの侵入を防ぐ力が強いらしい。こちらが払底していることは依然、問題だ。しかし日常用のマスクなら、簡易に家庭でも作れるではないか。思えばそういうことを忘れかけていた。

マスクは買うもの。マスクは使い捨てるもの。まして自分で作るものではない。この固定観念が、生活のあらゆるところに蔓延している気がする。昔はストッキングも貴重で高価だったから、伝線するとマニキュアを塗って穴を埋めていた。ウールの靴下にあいた穴も、電球を突っ込んで縫い合わせていたものだ。靴下だけではない。子供の遊び着はどこの家でもたいがい母親が縫っていたし、セーターが古くなると、ほどいて、ラーメンのようになった毛糸を蒸気に当てて伸ばし、毛糸玉に巻き直して子供のセーターに編み直した。割り箸は家庭用菜箸として再利用し、新聞紙は野菜を包むため、あるいは水に濡らしてちぎって床に撒き、箒がけをする際、埃取りに利用した。タオルが古くなると畳んでミシンで縫い、台拭きあるいは雑巾用に使ったし、私の祖父はデパートの包装紙で本のカバーを作るのが得意だった。トイレットペーパーは四角くて硬かったし、ティッシュなどないから、ちり紙で鼻をかみ、ちり紙で尻を拭っていたのである。

……ちょっと話が違うかしらん。

とにかく、あって当たり前。なくなったら買いに行けばいい。そう思って油断していると、突然、手に入らなくなったときに我々現代人は激しく慌てる。一瞬、慌て、しばし熟考し、なにか代用できるものはあるはずだ、あるいは、売ってなければ作ろうかと、思考を変えられるものは、まだたくさんありそうな気がする。

天からの叱責

我慢について、考える。

ずっと昔、アメリカ人小説家にインタビューをしたとき、なにかの流れで彼がこう言った。

「アメリカ人は我慢ということはしません。我慢するより、どうすればよりよい道が開けるかを考えることのほうが大事です」

ホントかいな。いくらアメリカ人でも人によるだろうと懐疑的な気持になったが、しかしなるほどじっと我慢するよりも、我慢の要因になっているものを取り除く努力をするほうが、科学的な解決法と言えるのかもしれない。少しだけ納得した記憶がある。

でもその後ずっと私の心に、その言葉がシミのようにこびりつき、ことあるごとに表面化した。

人間は、我慢しないことが正しい生き方なのだろうか。我慢が美徳という考え方は浪花節的であり、古いのだろうか。

ここは我慢のしどころです。

もうしばらくの辛抱だ。

少しは我慢しなさい！

こういう言葉に囲まれて、私は育った。たたき込まれたわりに我慢強い子供ではなかった。むしろ、すぐ音を上げ、感情を乱し、自分に降りかかった悲劇をすぐに人のせいにし、もうダメだと、怒ったり泣きわめいたりすることのほうが多かった。

すみません、書き間違えました。「多かった」ではなく、「多い」が正解ですね。自慢じゃないが、いまだにその傾向が強い。

だからこそ、立派な人間になるために、私は人一倍我慢の修業をしなければいけないと、心に期してきたつもりである。成果のほどはさておき……。

子供の頃、真冬の北風強い寒い日に駅から家までの十五分ほどの道のりを、「寒くて我慢できない。死んじゃうよぉ」と泣きそうになったとき、隣を歩いていた伯母に言われた言葉を思い出す。

「もう少しの辛抱よ。あとちょっと我慢すれば、あったかい家に着くんだから」

そしてその通り、まもなく家の玄関の前に辿り着き、家に入った途端、

「ああ、やっと着いた！　寒かったよぉ」

そう言って、凍えた頬をさすりながら、我慢は大事なんだと思ったことを覚えている。

昔はお風呂も我慢だらけだった。今のように容易に追い焚きができないので、一番風呂を強要される子供にとって湯は熱い。水をばんばん入れて湯の温度を下げようとすると、

「そんなにぬるくしないの！　我慢して入りなさい！」

台所から母に叱られる。しかたがないので、「あち、あちちちち」と叫びながら、足の先から膝まで、続いて腰を一センチずつ落とし、そして肩まで浸かる頃には、「おお、我慢して入ると、いい湯なんだな」と学習したものだ。

欲しいモノがあっても、すぐには買ってもらえなかった。もっとも私は父があまりにも怖かったので、モノをねだった記憶はほとんどない。良い子だったわけではなく、

怯えていただけだ。それでもたまに「欲しいなあ」と思うモノが出てくる。そのとき母に言われた。

「三日我慢して、それでも欲しいと思ったら、本当に欲しいのよ」

その言葉の裏には、子供が衝動的に「欲しい！」と思う気持はだいたい三日で消えるという意味が込められていた。たしかにそうだと子供心に納得した記憶がある。しかし同時に、母の言いつけを守って三日我慢し、四日後にその店に行ったら、もはや売り切れていたという悲しい思い出もある。

いずれにしろ、昔は間違いなく我慢が美徳であった。ほんのささやかな日常生活の中にも親から強いられた「小さな我慢」がたくさん存在していた。だからこそ、晴れて親元を離れたときの解放感たるや！　門限はなく、起床時間に決まりもない。電気をつけっぱなしにして寝てしまっても、怒鳴り声でたたき起こされる心配はない。

「極楽だ！」

一人暮らしを始めた当初、私はようやく自由になったと狂喜した。が、ここが人間の面白いところで、親に制限されなくなると、夜遅くまで外にいたいと思わなくなる。自分で電気代を払うと思うと、つけっぱなしが気にかかる。寝坊をして親に怒鳴られる恐怖は消えたが、その分、仕事先での失敗が増えるから、目覚まし時計をかけるようになる。不思議なものだ。

それはさておき、いつの頃からか、日本でも我慢は美徳でなくなった。ご飯を残すと、「残してはいけない。嫌いなものも我慢して食べなさい」と教えられた時代は終わり、「子供の糖尿病も増えています。無理に食べないで残しなさい」と、医療関係者が唱える。

「暑ければ我慢しないでエアコンをつけること。熱中症が心配です」

「ウチだけ買わずに我慢させると子供がいじめに遭うから、そうもいかないの」

日本もアメリカ流になってきたのか。そう思っていたら、このたび世界中で長期間にわたる我慢の日々が訪れた。テレビの映像で、マスクの嫌いなアメリカ人のマスク姿が映し出されるたびに、思う。

「そうとう我慢してるのかなあ……」

さて、コロナ以前の我が身を顧みるに、今までそれほど我慢せず……（まあ、原稿の締め切り直前などには我慢してパソコンの前に座っていましたが）、疲れたといえば外へ食べに出て、「行きたい！」衝動に駆られると、即座にゴルフの予定を立てていた。いまや欲の衝動はままならず、せめてもとバルコニーに出て空を見上げれば、いつになく抜けるほど青く晴れ渡っている。

「人間たちよ。たまには少し我慢したらどうですか。自然界はずっと我慢のしっぱなしだったんだから」

天からお叱りの声が聞こえてくるようだ。

コロナ過敏症

新型コロナウイルスの感染者数は日毎に減り始め、第二波、第三波の心配が残っているとはいえ、一時期のピリピリした空気はだいぶ和らいできたかに見える。相変わらず出かけるときは玄関にて、「おっとマスクを忘れるところだった」と、それはあたかも必ず持ち歩かねばならない家の鍵やスマホやお財布と同じほどの大事な存在になっている。

習慣とは偉大である。最初は嫌々やっていたことも日常になるにつれ、さほど苦とは思わなくなる。リモート方式で仕事が少しずつ復活し始めて、テレビ局や出版社へ赴くようになっても、通りや廊下で人とすれ違うときに反射的にスッと互いの距離を取ろうとするし、外出とて、いちいち頭に「不要不急」という文字が浮かび、「まあ、無理に行くほどのことではない」と簡単に諦める方向へ思考が働く。人間、やればできるじゃんと、世の中も我が身も褒めてやりたい心境だ。

そう思っていた矢先、ある朝突然、喉が痛いことに気がついた。いつもであれば、「風邪か?」と思い、うがいをしたりのど飴をなめたりするぐらいでやり過ごすところだが、今の時節は即刻、アチラへ疑いが走る。

もしかして……。

絡む痰を咳払いで整えつつ、そのたびに周囲を窺う。

「ちょっと喉に何かが詰まっただけ」

言い訳をする自分も、内心では不安が募っている。これでもかと思うほど何度もうがいをし、秘かに熱を測って「三十五度八分。よし!」と安堵し、ついでに深呼吸をする。大丈夫大丈夫。息苦しくないぞ。

「味覚、嗅覚は? ちゃんと感じますか?」

離れた部屋から静かに疑っているらしき秘書アヤヤに問われるや、

「大丈夫よ。さっきもコーヒーの香り、ちゃんとしたから!」

笑って答えるが、これもまた安心材料にはなり得ない。報道を見るかぎり、味覚嗅覚を失うのはもっぱら若い人たちのようである。高齢者で味覚嗅覚を失った感染者の話をあまり聞かない。症状は人によってまちまちだ。

その日の午後は、雑誌のリモート対談をするために出かけた。出版社の会議室に到着し、マスクをする担当者と距離を置きながら、

「ちょっとね。朝から喉が痛くて」

恐る恐る申告した途端、担当君の目つきが鋭く光ったかに見えたのは、私の思い過ごしだろうか。しかし担当君は即座に部屋を出て行くという露骨な態度を示すどころか、優しい笑みを浮かべて、

「このところ暑かったり寒かったり、寒暖の差が激しかったですからねえ。喉ぐらい、痛くなりますよ」

精一杯の慰めの言葉を私にかけて自らの猜疑心を振り払っているかに見える。しかも、会社のどこからかき集めてきたか、のど飴をたくさんくれた。優しいなあ。飴ちゃんやで。

リモートだから、対談相手にうつす心配はないと思いつつ、二時間近く声を張り、無事に責務を終えたとき、そっと唾を飲み込むと、なんだか朝より喉が腫れている感じ。

ヤバい……。

そそくさと荷物をまとめて仕事場を去り、家に帰ってからも、あまり具合の悪そうな様子を見せるとなおさら疑われそうなので、「大丈夫大丈夫」と唱えながら、手を洗い、死ぬほどうがいをし、また熱を測る。

三十六度六分。……ウソッ。午前に測ったときより上がっている。これがどんどん上がっていったらどうなるんだ？

その晩は、口数少なく食事を済ませて早めに床につく。もちろんベッドに入る前にうがいをし、鼻うがいもして、熱を測る。

三十六度六分。変わりなし。

目をつむると気持はどんどん悲観的になっていく。もしかして本当に新型肺炎に罹ったら……。まず隣のベッドでいびきをかいている亭主に告白しなければならない。私は軽く感染しただけで終わり、亭主が私のせいで重症化して命を落とすことになったらどうしよう。既往症はないが、軽い肺気腫があると言っていた。まずい。すぐにＰＣＲ検査は受けられないのか。どこの病院へ行くのが適当だろうか。二日後の仕事はどうしよう。キャンセルしたら大ごとになる。迷惑もかかる。が、決行したあとでコロナと判明したら、もっと大ごとだ。過去二週間に私が足を踏み入れた場所、面会した人間、すべてに伝える必要が生じる。

「なんであのとき、喉が痛いのに黙って仕事をしたんですか！」

「そのときはただの風邪だと思って……」

「そんなことは言い訳になりません！」

　ならばどの段階ですべての行動を止めなければならなかったのか。二週間前からの自分の行動を振り返る。スーパーへ行った。近所を散歩した。マスク越しとはいえ、ご近所さんと話した。あの人と軽くハグをした。もし私のせいであの人もこの人もその人も新型コロナで重症化したら、今後、私は笑って生きていけなくなる。

　目を閉じて、夢と幻想の混ざったような光景が次々に頭を駆け巡り、ふと、暑いことに気づいて覚醒する。額と首筋に汗をかいている。暗闇で熱を測る。三十七度四分。ああ、もうダメだ。胸が痛くなってきた。そういえば、こころなしか呼吸が苦しい。呼吸ができなくなるというのはこういう感覚のことなのか。このまま急速に息ができなくなり、そして私は、新型コロナ収束期に至って、とうとう感染者となるのだろうか。

鳥の声がする。夜が明けたらしい。

「昨日の夜は暑かったなあ。汗かいたよ」

亭主が隣のベッドからよろよろと立ち上がる。

「そうだね」

生返事をしながら唾を飲み込む。もしや……。喉の痛みが和らいでいる。

怖い夢だった。

おこもり特典

このたびの蟄居生活で発見したことがたくさんある。

最初に驚いたのは空の美しさであった。経済活動が滞ると、人間は息苦しくなるが、その分、空はのびのびと深呼吸をしているように見える。心なしか緑や花も色鮮やかに映る。科学的根拠のほどはわからないけれど、都会で人間が動き回るということは、それだけ自然界に排出するものが大きいのだろうか。

欲しいものは買わなくても自分で作ったり手近にあるもので済ませたりできることにも気がついた。その一例がマスクである。いっときマスクパニックが発生して大騒ぎになったが、まもなく収まった。急遽増産し、需要と供給のバランスが取れたせいもあるだろうが、それだけではない。多くの人が「なんだ、作ればいいいんじゃん」と気づいたからではないか。私もミシン要らずのガーゼハンカチマスクを作った。そのことを以前に書いた。あちこちで披露して回った。でも、真似してみようと言ってくれる人は一人も現れず、残念であった。

さらに気づいたことは、外食をしなくても太ることである。かつて私は、外食が続くから太るのだと信じていた。ことに年末年始の宴会が増える時期は気をつけなければならない。あっという間に体重計の数字が増す。

「外のお店だとつい調子に乗って食べ過ぎたり飲み過ぎたりするので、週に二回くらいは自宅で食事をするようにしないと、たちまち太ります」

こう発言していた私がこのたびの自粛期間中、毎日欠かさず自宅で作っては食べ、食べては寝る生活を繰り返していたら、あっという間に一・五キロ太った。

そんなにカロリーの高いものを食べているつもりはない。お酒とて晩酌に缶ビール一本くらいである。それなのに太る。なぜだろう。食べた分だけのエネルギーを消費していないせいだ。

朝起きると朝ご飯を作る。パンを焼いたり納豆ご飯を作ったり。朝ご飯が終わるとパソコンの前に座り込み、一応、原稿書きに取りかかる。このご時世、さほど締め切りが切迫していないので、ダラダラのんびり取りかかる。するとまもなく、昼になる。

え、さっき、朝ご飯食べたばかりじゃん！　と文句を言いつつ椅子から立ち上がり、ラーメンかきつねうどんか炒飯か、前日の残り物や冷蔵庫の中身次第で簡単なものを作る。

「私は食べませんよ！」

豪語しながら、家人が食べている姿を見ると、つい手が伸びる。そしてまたパソコンの前に戻る。亭主殿はそのあと律儀に散歩に出かけるが、私はついサボる。そして原稿書きの調子が出てきた頃、五時の「夕焼け小焼け」のチャイムが高らかに響き、晩ご飯の支度に取りかかる。

この秩序正しい生活を続けているうちに、気がついた。

ぜんぜん、動いていないぞ。

コロナ騒動が起こる以前から、思えばたいして動いていなかった。たまにゴルフへ行く以外、運動らしき運動をしている自覚はなかった。仕事に出かけるときに少し歩くぐらいのものである。それでもカロリーを消費していたのだろう。蟄居するとはそういうことだ。もはや増加した一・五キロは、いくら室内でジャンプしてみても、たまにスクワットに励んでみても、いっこうに減る気配がない。

体重は増加したが、肌の調子は悪くない。なぜか。ほとんど化粧をせず、睡眠をじゅうぶんすぎるほど取っているせいではないか。あるとき久しぶりに仕事に出かけることになり、メイクをしようと鏡の前に立ってふと考えた。

えーと、最初に何を塗るんだっけ？

化粧のしかたを忘れてしまった。しっかり化粧をする必要が長らく生じなかったからである。その大きな要因はマスクにある。少なくとも口紅を塗らなくなった。マスクに付いてしまうし、マスクに隠れる。塗っても無駄だ。そう思っていたのは私だけではないようで、私よりずっと若い女友達も、「最近は眉毛しか描いてないです。楽でいいですね」と言っていた。ホントにね。

そういえば、この事態が長く続くせいで髪の毛が伸びて困るという声をよく聞く。「この三ヶ月、ぜんぜん床屋に行けないから本当に参っちゃいました」

テレビで眉をひそめて吐露している男性を見て、私は「ヘッ！」と鼻で笑ってやった。伸びて困るなら、自分で切りなさい。自慢じゃないが私はコロナ騒動が起きるはるか以前、去年の夏から美容院へ行っていない。

美容院が嫌いなわけではない。たまにはいい香りのするサロンへ赴いて、洒落た雑誌をめくりながら、カット、カラーリング、パーマをしてもらい、時間をかけてゴージャスに変身したい気持はムンムンある。が、十年近く前、親の介護が始まって以来、時間にゆとりがなくなった。試しに自分で髪の毛を切ってみたらなんとかなることを知り、以来、セルフカットの習慣が身についた。コツコツと培ったカットの技が今、蟄居の生活においては大いに役立っている。少々切り損じても、人前に出る機会はあまりない。まして顔の半分がマスクの中である。

「美容院に行けないのがつらいです」

秘書アヤヤが嘆くので、私はニッコリ笑って囁きかける。

「あらそ？　私が切ってあげましょうか？」

するとアヤヤ、

「いえ、大丈夫です。気になるのは長さより、カラーリングしたところとの境目のプリン状態の部分なので」

「あらま。私が染めてあげてもいいわよ」

「いえ。どうか、放っておいてください」

せっかく蟄居の知恵と技を伝授してあげようと思ったのに、残念なことである。

恩返しのとき

「パトロネージュ参加支援のお願い」と題した封書が届いたのは、二〇一九年の夏のことである。差出人は「大宅壮一文庫」。

日本で最初の雑誌図書館として一九七一年に東京・世田谷区八幡山の住宅地の一角に創設された大宅壮一文庫が、経営難に陥って存続の危機に瀕している。明治時代からのおよそ一万二六〇〇種類の雑誌、八〇万冊を所蔵し、最盛期には月平均二三〇〇人の利用者を誇る人気の文庫だったが、インターネットの普及に伴い利用者の数が激減し、運営を危うくしているという。ついては個人や企業から寄付金を募って新たな支援制度を始めようということになった。是非とも呼びかけ人の一人になって、寄付活動に協力いただきたいと、そんな主旨である。

これぐらいの歳（って、つまり高齢者所属）になると、さまざまな団体、協会などから「寄付」のお願いを受けることがある。どちら様も大変なのだろうと拝察しつつ、すべてのご期待に添うことはできない。ごめんなさいと失礼するか、あるいは微々たる金額で礼を尽くしたつもりになることはたびたびだ。が、こと大宅文庫となれば話は別である。

大宅文庫に私が今までどれほどお世話になってきたことか。この三十年あまりの間、私の家に大宅文庫のコピー資料がなかった日は一日たりともない。

よし、奮発するぞ！

かけ声は高らかに、結局、「微々たる」に少し追加したぐらいの金額を申込用紙に書き込んで返送した。

すると、年が明けて春、まさに新型コロナ騒動の渦中にて、再び大宅文庫からの連絡を受ける。今度はなんぞや。

「是非、大宅壮一文庫の評議員に就任してもらいたい」

じぇじぇ（古いか）。そもそも私は組織というところに勤めた経験が一度もない。個人事業主と言えば聞こえはいいが、つまり各所から依頼された仕事を受注して、働いた分だけの報酬を、そのときどきにいただいてきた。ちなみに雇い主の期待に添えなかったとき、次の仕事の受注はないものと覚悟する。そんな凹凸豊かな仕事のしかたをしてきた人間に、組織の安定運営や財政問題に関して助言するほどの能力はない。これは寄付以上に難題と受け止めた。が、大宅文庫となれば、無下には断れない雰囲気が漂う。

「うううう」と、悩んでいるうちに、いつのまにか引き受けてしまった。

なぜそこまで私は大宅文庫に抵抗できないか。自分でも考えてみた。

まず、最初に記した通り、大宅文庫の資料なくして私のインタビュアー人生はなかったといって過言でないからだ。

『週刊文春』の対談連載を開始したのが一九九三年の四月である。対談相手のことを事前に勉強するため、編集部から山のような資料が送られてくる。ゲストの仕事内容によっては映像資料や音声資料、書籍なども入っているが、主たるものは記事資料である。かつてそのゲストが雑誌や新聞の取材を受け、どんな発言をしているか。それらを知っておくためには大宅文庫にお頼りするしかない。そんな古い雑誌記事をすべて保管しているところは大宅文庫以外にないのである。

こうして私は、大宅文庫のコピー資料に目を通し（目を通し切る前に深い眠りにつくこともあるが）、対談相手の来歴や考え方、趣味、スキャンダルなどを把握して、その上で当人にお会いする。

「かつて雑誌のインタビューでこんなことをおっしゃっていましたね」

「デビュー当時と考え方が変わりましたか」

こんな鋭い質問がいつもスルスル出てくるわけではないけれど、インタビュアーにとっては大宅文庫資料こそ、質問を考えるための何より頼れるアニキのような存在なのである。

私が大宅文庫に頭が上がらない理由はもう一つある。資料として大宅文庫のお世話になる以前、テレビ局でときおり、大宅映子さんとすれ違った。映子さんの父上は、昭和を代表する豪快な社会評論家とその名の知られた大宅壮一氏である。多々の名言を残しておられるが、中でも印象に深いのは、「一億総白痴化」であろう。子供の頃、父がよく叫んだものだ。

「テレビばっかり観てるんじゃない！　まったく一億総白痴化の最たるものだ！」

あの頃、ほとんどの親は子供の堕落を叱るとき、この言葉を使ったのではないだろうか。

父の怒声と重なるせいか、会ったことのない大宅壮一という人は、さぞや怖い人にちがいないと思い込んでいた。

そのお嬢様である大宅映子さんは長身にモダンな服をまとい、色鮮やかなスカーフを巻き、あるいは大きなアクセサリーをつけ、いつも颯爽とテレビ局を闊歩していらした。派手ではない。カッコいいのである。

あるとき、当時の私の番組のボスだったジャーナリストの秋元秀雄さんのそばに近寄って、

「秋元さん、あの問題についてはどうお考えですか？　私、おかしいと思うんですよね」

私にとっては声をかけるのさえ躊躇するほど怖い存在であった秋元さんに対し、大宅さんは微塵も怯むことなく自らの意見を唱えられたのだ。

「すげー」

思えばその当時、映子さんはまだ四十代だったはずである。評論家と小説家の違いはあるにせよ、同じ「親の七光り」組のはずなのに、出来の差が明らかだった。大宅さんはカッコいいだけでなく、後輩の面倒見もよかった。報道の仕事に不安を感じて

いた私に、「大丈夫よ。ちゃんとやってるじゃないの！」と声をかけてくださって、涙目で見上げた（大宅さん、大きい）ことが何度あっただろう。私にとっては頼れるアネキのような存在だった。そんなアネキが今、父上の遺志を継いで大宅文庫の理事長を務めておられる。

今こそ恩返しのときが訪れたのだ。評議員の一人として何ができるかわからないけれど、せめて一般の人々にも「大宅壮一文庫」の価値を知っていただきたい。

伸び盛りの夏

豆苗を買った。

もちろん食べる目的である。しかし、持ち帰ってみたら、なんとなく植物の苗を買ってきたような気分になる。まっすぐに伸びた緑色の茎の下に丸々とした茶色い豆がゴロゴロ付帯しており、さらにその下には細く白い根が密に絡み合っている。まるで、すくすく育った息子と別れるに忍びなく、「母ちゃんもついていく！」と豆母親が叫ぶや、「わしも行くぞ」と白髭じいさんもよれよれとあとに続いてきたかのようだ。

「まあ、しゃあねえやなあ」

豆苗農家のおじさんが哀れに思い、豆苗三世代を一緒に袋に詰めて出荷した……と、そんな光景を頭に浮かべつつ、私は改めて思った。せっかく若々しい息子についてきたのに申し訳ないけれど、この豆母ちゃんと根っこじいさんを一緒に食べるわけにはいかない。茹でたらけっこうおいしいか？　ニンニクと一緒に炒めてみようか。袋から取り出して、しばし見つめてみるものの、いかんともしがたい雰囲気が漂う。

「母ちゃん、育ててくれてありがとう。じいちゃん、水を吸い上げてくれてありがとう」

　豆苗息子の気持になりかわり、感謝の意を表明したのち包丁で、豆ゴロゴロ帯より二センチほど上をばっさり切り取って、親子別れの段と相成った。

　そのとき、ふと思い出した。そういえばテレビで見たぞ。阿佐ヶ谷姉妹が豆苗育成にはまっているという。緑色の茎を食用として切り取ったあと、残る部分を少し大きめの容器に入れて水を張り、日の当たる場所に置いておくと、新たな芽が伸びてくるのだとか。豆苗育成の専門家に指導されながら、楽しそうに育てている様子が番組で流れていた。

「よし、私もやってみよう！」

　そのままゴミ箱行きになるはずの、二分刈り状態になった直方体の「豆苗の跡」を、それより少し大きめの……あったあった、サクランボが入っていたプラスチック容器を取っておいたのだ。豆苗母ちゃんじいさんを入れてみると、まことにすっぽり収まった。そこへ、どれぐらいかしらと横から見守りつつ水道水を注ぐ。こんなことならあの番組をもっとちゃんと見ておけばよかった。まあ、これくらいでいいかという高さまで水を差し、日のよく当たりそうなガラス戸の下に置く。

この自粛生活下において、園芸に走った人は多かったという。たしかに不安な日々の中、世俗の騒動はどこ吹く風とばかりに伸び伸び育つ緑や野菜を見ていると、心が和むというものだ。走ったというほどのことはないが、私もこの自粛期間中は、せめて外の空気を吸いたいと思い、バルコニーに出る回数が増えた。出るとその流れで緑に水をやる。それまでは忙しさにかまけて植物の水やりを怠ることが多かったが、こう毎日家にいると日常のルーティーンが身につくようになる。すると緑たちも嬉しいのか、育ち具合が改善された。それはきちんと水やりをした成果か、私自身が緑に愛を注ぐようになったからなのか。理由はわからないけれど、たとえばここ数年、すっかり育つ気力を失ったとおぼしきローズマリーが新たな芽を出した。はたまた近所のクリニックの待合室で、ここは植物園かと思うほど茂っている観葉植物を、「増えて増えて困るんです。持っていきますか？　すぐに葉が出ますよ」と分けてもらって土に植えたが、ウンでもスンでもない。私にはどうも緑を育てる才能がないらしい。諦めかけていたところ、ようやく丸太ん棒のような太い茎の横から赤ちゃんのオチンチンのような芽が出てきた。今までなにを逡巡していたの？　丸太ん棒をさすりながら語りかけるが返事はない。

もう一つ、成長著しいのがサルスベリの鉢である。買ってきたときは、二十センチ足らずの盆栽のような灌木だったが、いつのまにか枝葉を増やし、幹を太くし、お、蕾《つぼみ》がついたぞと思ったら、早くも真っ赤な花を咲かせ始めた。もはや大樹の威容をたたえるほどだ。こののちさらに成長し、人の背より高いサルスベリの木になったら、どこに植え替えようかと、叶わぬ夢を抱くもまた楽し。

そうこうしているうちに、くだんの豆苗鉢からニョキニョキと芽が伸びてきた。まるで刈り取られたことは記憶にないかのごとく、短い茎の横から出てくる出てくる、青い茎。観察するに、どうやら一日に三センチほどは伸びる勢いだ。

かつて、背の高い男の子に聞いた話を思い出す。中学生の頃、夜、寝ていると骨がキシキシと鳴るんだよ。本当に一夜にして背が伸びちゃうの。まさかと疑いつつ、そんな経験をしてみたいと憧れたものだが、私の人生に伸び盛りという時期は一度も訪れたことがない。

それはさておき、あまりの豆苗のすくすくぶりに感動し、思わずスマホで写真を撮る。誰に見せるあてもなく、用事のついでに弟に送信し、

「どうじゃ！　我が家の豆苗君！」

見せびらかすと、さっそく弟から返信が届き、週末に息子を連れて見に行きたいと言ってきた。甥は小学五年生である。少し前、母の葬儀で会ったとき、背比べをしたら私をかすかに超えていたことに愕然としたばかりである。

「こんにちはー」

まだ声変わりのしない声も高らかに、玄関を入ってきた甥と向き合うや、また少し背が伸びたように見える。丸かった顔が心なしか細長い。

「ねえねえ、佐和子おばさーん。豆苗、どこにあるのー」

話し方も騒ぎ方もまだ幼いが、身体のつくりはまさにこの夏、絶賛伸び盛り中とみた。豆苗みたいね。

ちなみに我が家の豆苗は、今、三度目の芽を伸ばしつつある。第一号はニンニクと炒め、第二号は細切り塩昆布とオリーブオイルと酢で和えていただいた。豆苗第三号は、どう調理しようかしらね。

ホントのエッセイ

『婦人公論』連載「ショローの女」でもお馴染み、今は熊本在住の伊藤比呂美さんと遠隔で対談をし、エッセイ論で盛り上がった。伊藤さんが最近上梓なさった『道行きや』の話題になったとき、

「この本の取材を受けたらみんなにエッセイ集エッセイ集って言われるんだけど、あたし、これ、エッセイのつもりで書いたわけじゃないんですよねえ」

伊藤さんらしい気さくな物腰で、しかし勢いのある語気で呟かれたからこちらは驚いた。

「え、これ、エッセイじゃないの？　じゃ、フィクションってこと？」

しかしこの本の中には、カリフォルニアの家を畳んで熊本に移り住んだことや、そのとき愛犬を同伴した顚末や、早稲田大学で授業を持ち始めた話など、私が知りうる

限りの事実が確実にちりばめられている。にもかかわらず伊藤さんは、

「あたしはこれ、詩のつもりなんだけど、詩って言っても通用しないだろうから。でもいわゆる皆さんが思っているエッセイとは少し違うような……」

ここで伊藤さんから質問が飛んできた。

「ずっと悩んでいることなんですが、エッセイと小説の違いがわからないんです。エッセイってなんなの？」

私は思わず言葉を詰まらせた。改めてそう聞かれると、どう説明したものか。

「たぶん……」と自信なく語り出す。

「たぶん、エッセイとは、読者が『このエピソードは著者が実際に経験したことなんだな』とか『今、著者はこういうことを考えているんだな』とか、読者にとって書いた人間に共感したり、著者と連携できる読み物であって。反対に小説は最初から作り物と思いつつ、そこに作られた別世界で遊ぶことができる楽しさがあるのでは？」

そんなようなことを申し上げたところ、詩人の伊藤さんがおおいに納得してくださり、「そうか。作者と読者が連携できるのがエッセイという意見は非常に参考になりました。今度、授業で使わせてもらうかもしれない」と言われ、私はアタフタしなが

ら「じゃ、またね」と画面をオフにしたのだが、対談を終えたあとも、この問題は私の頭にウジウジと居座った。

ずいぶん昔、文筆家の塩田丸男さんにお会いしたときに言われた言葉を思い出す。「真実を書くなら小説がいい。理屈を伝えたいときはエッセイにしたほうが説得力を持つ。端的に広く知らせたいと思ったらテレビが効果的」

そう言われたとき、まだ私は小説を書いたことがなく、ましてエッセイの連載も駆け出しであったので、ピンと来なかった。小説はフィクションなのに真実を書くのか？

当時、私がエッセイを連載していた婦人雑誌の編集長が――その編集長はことのほか声がよく、目をつむっていればそこに舞台俳優の細川俊之がいるのかと思うほど低くてセクシーな声で語りかけてくださるので、私はうっとりしてしまい、そのせいで連載を引き受けた――それはともかく、連載が始まってまもなく、美声編集長が焼き鳥屋のカウンターにて、「順調じゃないですか、連載」と低い声で褒めてくださった。私は緊張し、ペコペコ頭を下げて喜んだのだが、まもなく編集長、少しお酒が回った頃合いに、突然、私に向かって通る声で叫んだ。

「エッセイは、日記じゃない！」

それから私はしばらく落ち込んだ。というより悩んだ。エッセイは日記じゃない。エッセイと日記の違いはなんなんだ？　人に読んでもらう前提で書くのと読ませない前提で書く違いか？　独白ではなく、エンタテインメント性を持たねばならないということか？

実際のところ、私はこの問題について明確な答えを未だに得ていない。わからないまま、すでに三十年以上、書き続けている。

あるときある場所で古い知人と再会した。私はそのことをエッセイに書いた。その文章が掲載されてまもなく、その知人から連絡が入った。

「読みましたが、事実と異なっています。私はこの発言を、こういう流れでしていません」

かなりのご立腹具合である。私は狼狽《うろた》えた。確かに彼女が言うとおり、実際の会話の流れとは違っていたかもしれないが、そう書いたほうが面白いと思って順序を異にした。しかし相手を傷つけるような内容にしたつもりはない。少なくとも私はそう信じていた。でも相手は傷ついたらしい。そして私もしばらく傷ついた。

以来、他人様について書くときは気をつけるようにしている。だからときおりエッセイでは本心を書けないことがある。ということは、エッセイは真実ではないのか？　我ながらわからなくなる。

「さっき、ここにいた赤ちゃん、どこ行ったの？」

認知症の母がときおり発した言葉である。

「赤ちゃん？　赤ちゃんなんかいないわよ、この家には」

最初の頃、母の世話をする人間は私を含めて皆、そう言ってなだめ、訂正した。が、あるとき、方針を変えることにした。

「あら、赤ちゃんは？」

母がそう言い出すと、

「ああ、さっきお母さんが迎えにきて連れて帰りましたよ」

「もう二階で寝てる。大丈夫、大丈夫」

こんなふうに答えると、母はさも安心したように笑顔になるのだ。そのほうが互いにイライラしなくてすむ。ことほどさように母の夢物語につき合ってきた。

しかし、母が亡くなってから思い返すと、私は本気で母の物語につき合ってきただろうか。もっと赤ちゃん話を膨らませて母を喜ばせることもできただろうに。そこに赤ちゃんがいなくても、真実がどうあろうとも、母が安心するならそのほうがよかったのだ。

さて、このエッセイの中で真実の話はどれほどあったでしょう。ふふふのふ。

未練の始末

母が亡くなって、いよいよ実家の後片づけをしなければならないときが訪れた。

私が中学三年生になる年に、父が横浜の新興住宅地に建てた木造二階家である。父と母、そして四人の子供たちがそれぞれの年代に暮らした蓄積は家の隅々に至るまで詰まっている。このたち家自体をどう処理するか、はたまた父の仕事関係の書籍類をどのように整理するかはさておいて、とりあえずきょうだい間では、自分たちが実家に残していった所有物について、可及的速やかに判断、行動しようとの申し合わせが母の葬儀後、なされていた。

「今度の週末、ちょっと片づけに行ってこようかと思ってるんだけど、姉ちゃんも行く？」

弟から誘われて、覚悟を決める。行けば大仕事になるのは目に見えている。だからこそ、しばらく思考から遠ざけていたのだが、どこかで踏ん切りをつけないと、いつまで経っても片づける気にならない。

実家に到着するまでの道々、頭の中で記憶を呼び戻す。私が実家に残していったものはたしてどれほどあるのだろう。だいたい二階の物置きにしまってあったはずである。若い頃に没頭した編み物や織物関連の本、ひな人形、溜め込んだ年賀状、洋服やアクセサリーもあったかもしれない。三十歳で家を出て一人暮らしをするとき、1DKの狭いアパートに私の持ち物のすべては入り切らない。

「いずれ取りにくるから残しておいて」

母にこっそり頼み込み、それっきり引き取ることもせずに放置していた。

「はっきり言って、四十年近く使わなかったものは、今後死ぬまで使うことはないと思ったほうがいいんじゃない？」

片づけをする以前から、何度も弟に釘を刺されていた。

「もうね、目をつぶってどんどん捨てないと、時間と体力の浪費になるだけだよ」

弟は正しい。それが正論というものです。じゅうぶんに理解はしているつもりだ。つもりではあったが、いざ戸棚や茶箱や箪笥の抽斗を、開けるにつれて出てくる出てくる、懐かしい遺物が。

母の洋服が収められていた戸棚から見慣れたツーピースが出てきた。

「やだ、この服、こんなとこにあったんだ！」

私が狂喜しながら手に取ると、

「それ、母さんの服じゃないの？」

首にタオルを巻いてテキパキと作業を続ける弟が、額の汗を拭きながら振り向いたので、

「違う違う。私が初めてテレビの仕事でフランスに行くとき、六本木の花井幸子さんのブティックで買ったの。すごーく気に入ってたんだけど、なくしたと思ってた」

うっとり服を見つめる私に弟は、

「見つかってよかったね。でも、もう残しておいてもしかたないでしょ」

暗に捨てるか、あるいはどなたかに譲るべきだと言っている。たしかにしっかり肩パッドは入っているし、デザインも今風とは思えない。しかし、

「サイズは大丈夫そう」

私はその服を身体に当てたのち、さりげなく、「自分の持ち帰る袋」に放り込む。

まもなく戸棚から弟たちの玩具に紛れて布袋が一つ。中を覗くと、

「キャー、懐かしい！」

たしか私が小学三、四年生のときである。誕生日の祝いにと、父がどこかで買ってきてくれたイギリス近衛軍楽隊の人形である。真っ赤な上着に黒ズボン、頭に細長い黒帽子（本物は熊の毛皮という説がある）をかぶった高さ五センチほどの合成樹脂製の兵隊人形が全部で七体。それぞれが英国国旗、大太鼓、シンバル、管楽器を胸に抱えて行進している。

実のところ、この人形を父から「誕生日祝いだ」と手渡されたとき、心の中で激しく落胆したのを覚えている。こんな人形が誕生日プレゼント？　私はもっと他の……たとえばバービー人形の着せ替え用ドレスとか自分の洋服とか、明確に欲しいものがあったわけではないけれど、少なくともこの兵隊人形でないことだけは明らかだと、父に悟られないよう秘かに低く唸った記憶がある。

しかし一応、プレゼントされたのだ。しかたなく私は自分の勉強机の横に近衛軍楽隊を並べ、その淡々とした兵隊の顔を見つめながら、「お前たちに恨みはないけど、別に好きじゃない」とずっと思っていた。

飾られながらも愛情を注がれなかった七体の兵隊たちは、その後、いつのまにか棚の中に押し込められ、他の玩具の圧力を受け、少しずつ壊れていったらしい。私がほぼ半世紀ぶりに再会した兵隊たちは、一体は頭が取れ、一体はつま先を失い、あるいは片足がもげ、台座から剝がれ、どれもが傷ついた軍人のような姿と化していた。

「かわいそうに……」

呟きながら、苦笑する。誰がこんな姿になるまでないがしろにしていたのだ。私は拾えるかぎりの破片に至るまで、兵隊たちの残骸をかき集め、布の袋にそっと戻す。

「まさか、それも持って帰るの？」

弟に眉を顰《ひそ》められても目をそらす。

「懐かしいのはわかるけど、そういう小さいもんにまで未練を残してたら、死ぬまでこの家は片づかないよ」

弟の声を背中に聞きながら、結局、私はその日、巨大な紙袋に、軍楽隊と花井幸子さんツーピースと、他にも、昔、母が愛用していた普段着用の紬《つむぎ》の着物や半幅帯、浴衣、ヒビの入った和皿、私が幼い頃に母がよく肩にかけていた着物用のショールなどを詰め込んで実家の玄関をあとにした。気がつけば、本来の目的であったはずの二階の物置きは手つかずのままである。
「今度、いつにする？　姉ちゃん来なかったら、僕、どんどん捨てちゃうよ。だって
このペースだと埒明かないもん」
おっしゃる通りです。
未練という感情のない人が心底うらやましい。

同期の宝

長らく私は、異なる世代の友達をたくさん持っていることが大事だと信じていた。はるか歳上の人（そういう人がだんだん少なくなってきたけれど）、あるいは、はるか歳下の人と話していると、自分の知らないことを知る機会になる。見知らぬ時代の空気や価値観や、もっと具体的に言えば音楽、文化、流行、言葉、リズム感……。彼らと一緒に興奮することはできなくても、ときに反発したくなる瞬間があっても、異世代交歓会には価値がある。そう思って生きてきた。

歳上の人に学ぶことが多いのは当然のことながら、若い世代と仲良くするもう一つのメリットをあるとき発見した。

九十四歳で亡くなった父は晩年、毎日のように悲観していた。

「あいつが死んだ。こいつも死んだ。週に一度の割合で葬式に行くのはつらい。あー、嫌だ。あー、情けない」

同世代の訃報が届くたび、怒りと悲しみの混ざった声で嘆いていた。新聞の死亡記事をチェックして、知己でなくても年齢を確認し、

「俺より三つも歳下なのに死んでるぞ。あー、嫌だ。あー、情けない」

父にしてみれば、話や心の通じる同世代が一人、そして一人と現世からその姿を消していくことが、そこはかとなく憂鬱であったらしい。その点、母は達観していて、父の聞こえないところでこっそり、

「しかたないじゃないねえ。人はいつか死ぬんだから」

そう言って、大げさに嘆く父を横目に肩をすくめていたものだ。

そんな両親を見て私はふと思いついたのだ。同世代の友達だけを真の友達と思っているから喪失感に襲われるのではないか。若い友達をたくさん作っておけば、同世代の友達がいなくなったあとも寂しくないだろう。

そう気づいたのはたしか三十代だったと思う。その後、私は実際、いろいろな世代の友を得た。仕事柄、職業や年代の異なる人と出会う機会にも恵まれていた。

「またご飯でも」

「ぜひぜひ！」

単なる社交辞令に終わることは多い。が、ときどき実現するときもある。さらにそのやりとりを反復する仲となる場合もあった。こうして私はいつしか、下は中学三年生、上は八十歳の、師弟関係でも仕事の付き合いでもない友人を持っていた。そしてその現実を誇らしく思った。

最近、ある若者と話をした。二十代後半の人気俳優である。彼の交友関係は多岐にわたっていた。俳優仲間だけでなく、ミュージシャン、ファッションデザイナー、クリエイターに至るまで、基本的には「ため口をきける同世代の尊敬できる友達」を大切にしているという。その理由は、

「同世代に興味があるんです。だって同じ年月生きていて、どうしてこんなにすごいんだってことを思い知らされるから。あ、俺も頑張んなきゃって気になれる」

その言葉を聞いて私は衝撃を受けた。そうだ、まったくもって、その通りだ。同世代の友達の価値はそこにあった。

単に同じ時代の空気を共有したという安心感だけでなく、共通の思い出を語り合える喜びだけでなく、話が通じやすいという便宜でもなく、そうなのだ。互いに違う場

所にて、違う環境で育ったとはいえ、過ごした時間の長さはほぼ同じ。それなのに、どうして君はそんなことに気づき、そんなことを乗り越えて、そんな努力をし、そんなに魅力的な人間になったのだ？　そういう同世代に会ったとき、私は家に帰ってベッドに入って、少し泣く。いったい私は同じ時間、何を考えて生きていたのだろう。何にも考えてこなかったぞと、反省だらけの夜になる。

衝撃的な同世代は大人になって初めて会う人間とは限らない。十数年ぶりに再会した小学校時代の同級生にも驚かされたことがある。

彼は決してクラスの中心的存在ではなかった。いつも教室の片隅で、少し悪ぶった姿勢で立ち、親しい男友達二人とつるんでいた。はっきり言ってスポーツ万能でも成績優秀でもなかった。さりとてジャイアンのように腕力があったわけでもない。どことなく哀愁に満ちた目つきで、なんとなくひねていた。そんな彼のことを嫌いではなかったが、積極的に仲良くしたいとは思わなかった。

同窓会で十数年ぶりに再会した彼は、ちょっとひねた風情のまま、昔話を遠慮がちに語り出した。時効と思って聞いていただきたいが、彼は二人の友達が離れていかないように、父上の背広のポケットから少しだけお金をちょろまかし、二人の友を連れて近所のおでん屋に入り、しばしばおごっていたというのだ。

「そんなこと、してたの？　いつ？　やだあー、私も連れていって欲しかったよぉ」

私は興奮して言った。もちろん悪いことにはちがいない。しかし、小学生の男の子三人が商店街のおでん屋で、たぶん水かお茶を飲みながら、ちびちびコンニャクや大根を突っついている姿を想像してください。なんとユニークで心温まる光景ではないか。それも友達を引き留めるという目的でだ。今なら補導されかねないけれど、当時の大人も鷹揚だったと思う。

私は反省した。こんな面白いことを発想する友だと知っていたら、もっとたくさん話しておけばよかった。一緒にいろんなことを体験したかった。でも当時の私はきっと、その事実を知っても面白がらなかっただろう。「そんなことしちゃいけないんだよ！」と声高ではなくとも心で非難していたにちがいない。つまらないヤツだった、私。世の中の面白いことに対する感度が低かった。大人に怒られないようにすることしか考えていなかった。

同じ空間で、同じような時間を一緒に過ごした同世代の心にも宝物はいっぱい潜んでいる。そのことを、はるか歳下の若者に教えられた。

探しどき

眼鏡をまた壊した。つい二ヶ月ほど前、壊したばかりなのに「また」である。使用頻度が高ければ、事故発生率も高くなるのが世の常とはいえ、「また」だ。

前回は顔にかけたままの状態で壁の出っ張りに気づかず、横からぶつかって、しかし鼻も顔も「痛ッ」くらいのショックで済んだのだが、その分の衝撃を眼鏡がすべて負ってくれたらしく、完璧にへしゃげた。やれやれ。歪んだ眼鏡を元のかたちに戻そうとゆるゆる触っているうち、つるを固定してあったネジがコロンと取れた。おっとっと。

さっそく購入先の眼鏡屋さんへ持ち込むと、

「ああ、ははあ、わかりました」

こういうことはよくありますよとばかり、慣れた手つきでへしゃげた眼鏡を確認し、

十分ほどで見事に修理してくださった上、

「お代は？」

「いえ、修理代はけっこうです」

なんだか得した気分。壊れてもすぐに直してもらえる安心感。そう喜んだのも束の間。

「また壊しちゃいまして……」

愛想笑いをしながら眼鏡屋の店員さんに差し出すと、

「ああ、ははあ。これはこれは」

予感はあった。前回の損傷を捻挫と喩えるなら、今回の事故はどうやら骨折だ。それも粉砕骨折に近い。そんな気はしていた。一部、破片が飛んでいたぐらいだから。

ストレッチポールの上に仰向けになり、肩甲骨のストレッチを行っていたときだ。かけていた眼鏡をはずしてお腹の上に置き、目を閉じる。そのうちトロトロ眠くなり、目を閉じたままストレッチポールからずり落ちて、床にドカンと背中をぶつけた。その瞬間、腕に眼鏡が当たったような気はしたが、眠気に負けてそのままスースー。目が覚めて、眼鏡を探すとすっかり瀕死の状態だったのだ。

「残念ながらフレーム交換になりますね」

わかっております。で、おいくらくらい？　訊ねると、二万円以上はかかるとのお答え。

「そんなに⁉」

まさか無料とは思っていなかったが、そんなに高額だったたか。だったら買い直したほうが安くならないか？　さりげなく、周囲に並ぶお洒落な眼鏡フレームに目を向ける。が、すぐに思い直す。いやいや、それよりウチにまだ予備の眼鏡がいくつかあるぞ。買う必要はない。でも、予備の眼鏡とはすなわち、以前に使っていた古い老眼鏡の数々である。しだいに遠視や乱視の度が進み、あるいは鼻の当たりに不具合を覚え、だから新たな眼鏡を買うことになったのだ。はたして以前の眼鏡で生活ができるか。でも、修理が完了するまでのいっときのこと。小さな不便には目をつむろう。

「どうなさいますか？」

店員の声に背中を押され、

「わかりました。修理をお願いします」

そして帰宅後、さっそく隠居中の眼鏡を探す。あちらこちらに散在させていた。なにしろ眼鏡というものはすぐに姿を消す。さっきあそこに置いたはずなのに。今まで手に持っていたけれど。どうしても見当たらない。眼鏡はかくれんぼが好きらしい。さあさ、お前と遊んでいる暇はないんだよ、さっさと出てきておくれ。呼んでも返事はない。そういうときのために、隠居したはずの眼鏡を家のあちこちに待機させていたのである。

洗面所の棚。パソコンの横。抽斗の中。ハンドバッグに一つ。出かけるときはたいてい眼鏡を二つバッグに入れておく。万が一、出先で眼鏡の行方を失ったら、仕事ができなくなるからだ。

先日は、家を出てタクシーに乗って、はて眼鏡がないことに気がついた。バッグの中にも見当たらない。頭の上を叩いてみても、ない。よく頭に載せる癖がある。でも今日はない。お尻を浮かせ、座席の隅に落ちたのかと必死に探すが出てこない。ああ、どうしよう。そういう日に限って、予備の眼鏡を持ってこなかった。なんという失態。事務所に電話しよう。どこかに眼鏡を忘れていなかった？　見当たらないんだけど。秘書のアヤヤにお願いして仕事先に持ってきてもらうことも考えた。電話をかけようと思ったとき、気がついた。小さな文字が楽に読める。あれ？　ふと目の前に手を当てて、気がついた。

かけているではないか……。

その瞬間、かつて眼鏡屋さんで吐いた自分の台詞を思い出した。

「かけているか、かけていないか、わからないぐらい軽い眼鏡が欲しいんですが」

たしかにかけていてもわからないくらい軽かった。

そういえば、眼鏡をかけたままシャワーを浴びたこともある。と思ったらつい先日、マスクをしたままシャワーを浴びて落ち込んでいた友達の話を聞いた。昨今、そういうこともある。

話が逸れた。あちこちに待機させていた隠居眼鏡を一堂に並べる。最初の隠居眼鏡、人呼んで二号さんを筆頭に、今や五号さんまで勢揃い。急場しのぎに百円ショップで購入した眼鏡型拡大鏡を入れれば六号さんもある。ほほお、こんなにあったかねえ。懐かしく思いつつ、一つ選んで顔に当て、パソコンに向かう。新聞を読む。資料を読む。ぼやける。こっちのほうがましかな。いや、焦点が今一つ合わない。そういえばもう一つ、ピンクのフレームの眼鏡を持っていたはずだが、あれはどこに仕舞ったっけ。度の合わない眼鏡をかけて抽斗を漁る。見つからない。見つからないと、それが最適な一本だったような気がしてくる。そのうち突然、耳が痒くなった。そうだ、耳掃除をしよう。そう思ったら、いちばん愛用していた耳かきが、どうしても見当たらない。予備の耳かきはたくさんあるが、あれが好きだったのだ。

教訓一。失くしたものほどよく思われる。

教訓二。人生の半分は、探している。

遅刻の弁

かつてラジオ番組の収録でお会いした偉いお坊様に先日、再会した。もう一度お会いしたいと長年願いつつも果たすことができぬままだったので、格別の喜びがあった。そのお坊様が小さなラジオスタジオで語ってくださった言葉を私はその後ずっと大切にしてきた。

野花は決して嫉妬しない。隣にどれほど立派な花が咲いていて、人々の賞賛を一身に浴びていようとも、自らは小さな目立たぬ花を咲かせていようとも、文句を言わず僻《ひが》まず妬まず、与えられた命を淡々とまっとうし、そして静かに朽ちていく。

自分だけが損をしているとか、あの人のほうがたくさん褒められているとか、どうせ私には才能がないとか、小さな嫉妬心が芽生えたときなどに、ふとお坊様の言葉を思い出す。そうだそうだ、淡々としていなくてはいかんぞ。妬んだあとで反省するが、妬む癖はなかなか直らない。だから野花の話はいつまでも心に残り続けている。

「あのときの野花のお話、忘れられません」

再会してインタビューを開始するや、まるで恩師に会って昔の教えを反芻するがごとくに報告すると、お坊様はニコニコ笑って頷かれた。

「そうでしたね。そんな話をしましたね」

ニコニコ顔のまま、お坊様が語り出した。

「あの日、アガワさんは遅刻していらしたんです。スタジオに着くなり、『ごめんなさーい。お風呂の掃除をしていたら遅くなってしまいましたあ』っておっしゃったのが可愛くてね」

愕然とした。まったく記憶にない。なんと失礼な司会者であることか。ゲストを待たせたあげく、遅刻の理由に、「お風呂を掃除してました」だと？　どこが可愛いものか。よくもそんなずうずうしいことを言えたものである。たちまち顔がカアッと熱くなり、穏やかな気持でインタビューを始める心づもりでいたのに、わさわさと頭が混乱し始めた。

そのあとなんとか平静を取り戻し、インタビューは無事に進行することができたけれど、「風呂掃除遅刻」の一件はいつまでも頭の隅っこに引っかかり、ニコニコお坊様と目が合うたびに胸が苦しくなった。

それにしてもなぜそんな言い訳をしたのだろう。昼間から風呂掃除をするほど私は掃除好きではない。まして仕事に出かける直前に、風呂掃除などをするだろうか。

人間の脳みそはどうなっているのかとつくづく思う。たった一回だけお会いしたその方がふと口にした言葉をこれほど鮮明に覚えているのに、同じ日の自らの失態の光景は一片たりとも記憶にないのである。

……もしかして、失態だからさっさと忘れたのだろうか。でも、語るも赤面の遅刻記憶は私の頭にいくつも保存されている。

たいがいが寝坊である。まだ携帯電話が普及していなかった時代には何度も朝の電話にたたき起こされた。遠くで電話のベルの音がする夢を見ているうち、あら、本物の電話だと気がついて受話器を取ると、

「やっぱりいらしたんですね」

懐かしい恩師の低い声で一気に眠気が吹っ飛んだことがある。母校の中学で後輩たちに講演をしてほしいと頼まれた。終業式の日の午前中に講堂で催すことが決まった。

目覚まし時計をかけていたつもりだが耳にした覚えがない。小さく言い訳をするならば、その二日前まで海外出張に行っていて、多少の時差ボケが残っていたと思われる。

「申し訳ありません。すぐ向かいます！」

泣きそうな声で受話器越しに恩師に大声で謝りつつ、パジャマを脱ぎ、洗面所へ走り、電話を切って速攻で歯を磨き、化粧もそこそこにスーツ姿で家を飛び出した。

結局、在校生六百人ほどを二時間待たせた。しかし思いやりに満ちた恩師は私が予定の時間に到着しない理由を生徒には伝えていなかったらしい。そんなことを知らない私は、壇上に上がるや、マイクの前で深く頭を下げた。

「お待たせして申し訳ありません！」

それだけでは詫びの気持が足らない気がして一言追加した。

「寝坊しました！」

たちまち六百人の生徒から、

「えーーーーーーーーーー!?」

驚きと愕然と侮蔑の混ざった若く甲高い声が一斉に響き渡り、私はさらに縮こまった。

遅刻したのちの態度は大事である。ぐずぐず言い訳をするのは粋でない。が、少しだけ事情を報告する必要はあるかと心が動く。しかしどう弁明しようとも、犯した罪の重さが軽減されるわけではない。ひたすら真摯に謝るしかない。

そう思っていたが、一度だけ驚いたことがある。数人が定期的に集まる会合に、一人のメンバーがいっこうに姿を現さない。交通事故でも起こしたか。それとも具合が悪くて倒れているのではないだろうか。皆が心配し、その人の家に電話をした。やはりまだ携帯電話のない時代だった。

「どうだった？」

連絡を取ったスタッフに皆が訊ねると、

「家におられました。これから行くとおっしゃっています。もう少しお待ちしましょう」

一刻を争う会合ではない。大した支障をきたす事態でもない。ただ、その会合ではいつもその人の発言力が強大で、鋭い指摘ではあるのだが、他のメンバーは屈することが多かった。強気なあの人が、珍しく恐縮して部屋に入ってくるにちがいない。

「へっへっへ。楽しみだね」

皆で手ぐすね引いて待っているところへ、ドアが開き、その人は現れた。そして、

「遅れたんだよ！」

眉間に皺を寄せ、堂々たる太い声で言い放ったのである。たちまち、

「すみません」

なぜか待っていた側が、声を揃えて謝った。見事な遅刻の弁だった。その堂々たる態度に圧倒され、誰もイライラしなかった。むしろ私は感動した。いいなあ。普段から怒り顔の人は、遅刻をしても怒っていられるから羨ましい。

墓参り初心者

彼岸が過ぎ、シルバーウィークの喧騒が収まった頃、私はようやく墓参りに行った。恥ずかしながら実にもって「ようやく」である。

父が亡くなったのが二〇一五年の夏。その翌年に夫の母が他界して、去年には夫の父が息を引き取り、そして今年の春、新型コロナの渦中に私の母が亡くなった。ここ数年で夫婦双方の親がバタバタといなくなったことになる。もちろん、葬式、四十九日、一周忌、三回忌などの仏事のたびに墓所へ赴いて、墓の前で手を合わせてはきたけれど、そういう「特別日」以外の墓参りをついぞしたことがない。無礼極まりない子孫なのである。

それもこれも、親の教育が悪かった。父は私が幼い頃からことあるごとに叫んでいた。

「俺は無信心論者だ。覚えておけ」

そういう父のおかげで私はお盆の意味も葬儀に関する常識もことごとく無知のまま育った。初七日、月命日、初盆などという言葉を知ったのは大人になってからのことである。まして父母とともに先祖の墓参りをした記憶はほとんどない。かろうじて父の故郷である広島の伯父伯母の家に遊びに行った折など、「せっかく来たのだからお墓参りに行きましょう」と伯母に誘われ連れていかれたが、心の中では「面倒くさいなあ」と思う不届きな娘であった。

私の両親の墓は鎌倉で、夫の両親の墓が横浜にあったので、「同じような方向だから車でぐるりと回ってこよう」と夫と相談し、日を選んで梯子酒ならぬ、梯子墓参りと相成った。

さて、墓参りに何が要るか。なんといってもお花と線香であろう。線香はここ数年、お香典にいただいたストックがある。花屋は夫の両親の霊園の近くにあったと記憶する。

「そこで鎌倉の分も買えばいいよね」

こうして、「お昼はどうする？」「おにぎり作って車の中で食べよう」「水筒に麦茶入れました」「マスク持った？」「あ、お数珠忘れた」「蚊がいると思うから虫除けスプレーとキンカンも持っていこう」などと、少々趣は異なるものの、まるで遠足へ出かける朝のような騒ぎの末に家を出る。

さて一ヶ所目。夫の両親の霊園に到着する。さっそく花屋を覗くと、お彼岸の季節だけあって用意は万全。青紫色のリンドウ、赤いカーネーション、黄色い菊、白菊、緑の葉っぱの組み合わせの小さな花束がセロファンに包まれてバケツにたくさん浸けられている。が、それ以外に種類はない。つまり、「お花、いただけますか？」と花屋さんに声をかけると、自動的に花束二つ、左右一対分を差し出され、

「千六百円になります」

え、そうなの……？

まず、けっこう高いことに驚いた。加えて花の組み合わせを自分で選択できないことにかすかな衝撃を受ける。

夫の両親の趣味はわからないけれど、今年の五月に亡くなった母は花がこよなく好きだった。その母の初めての墓参りである。母の好みそうな花を墓に飾ろうと企んでいた。しかし、この場で花を購入しないと他の花屋を探さなければならなくなる。た

しか私の両親の墓の近くに車を停めて寄ることのできそうな花屋はなかったはずだ。

「もう一対分、つまり花束四つ、ください」と言いかけた夫を制し、

「いえ、一対分だけでいいです」

私は急いで財布から千六百円を出し、花束を二つ受け取って花屋をあとにした。

思いついたのである。購入した花束を分解し、リンドウと白菊を二輪ずつ抜き取る。残るはリンドウ一輪と赤いカーネーションと黄色い小菊と葉っぱの花束となった。色合いが少し落ち着いた。その花束を夫の家の墓の花器に挿す。桶に満たした水を注ぎ、箒と雑巾で墓の掃除をし、線香に火をつけて線香台に供える。

きれいになった墓の前に立ち、二人して手を合わせ、しばし黙禱。

――お義父さん、お義母さん、これからもよろしくお見守りください。

「うーん、なかなか可愛くなったな」

目を上げて改めて墓を眺め、自己満足に浸る。隣から「ケチ」という呟きが聞こえる。

続いて二ヶ所目の墓所へ移動。途中、花屋を探したがやはり見当たらない。手元にあるのはリンドウと白菊だけの花束二つである。

「ちょっと寂しいかなあ……」

あとはお寺の駐車場に期待するしかないと思っていた。寺の本堂よりだいぶ坂の下、雑木林に囲まれた空き地のような駐車場の周辺に野花が咲いているかもしれない。私は車を降りるや周囲に目を走らせて色を探す。すると、

「あったああ！」

雑草の間に、赤いミミズのように可憐な姿を見せるミズヒキソウが群生しているではないか。数本手折って、手元にあるリンドウと白菊に添えてみる。これでだいぶ華やかになった。さきほど同様、父と母の眠る墓の掃除をした上で、左右の花器に花を活ける。

実はそれより数日前、墓参りをしてくださった近しい知人の花がすでに供えられていた。その中から、まだ元気な様子のワレモコウを抜いて花束に添えてみると、グッと秋らしい風情が出た。

——どう、母さん？　この花、いい感じでしょ？

墓の前で手を合わせながら私はまたもや自己満足に浸る。ついでに一言。

——父さん、あまり母さんをこき使わないようお願いしますよ。

手を合わせながら思い出した。以前、北野武さんに教えられたのである。

「墓参りってのは、行き帰りの道中でずっと故人のことに思いを馳せる。そういう時間が大事なんだよね」

思えば私は両親の墓に着くまでの間、車中にておにぎりをいつ食べるか、あるいは墓に供える花を何にするかということばかり考えていた。はたして義父母、父母に心を向けていただろうか。墓参り失格だ。でも、どんな花を供えようかと思うと、次の墓参りが楽しみになってくるのはどうしたことだろう。

袋はご入り用ですか

最近、お洒落なマスクをいただく機会が増えた。

「よかったら使ってみてください」

ほとんどが下さった方の手作りである。刺繍のついたテーブルランナーを切って作ったもの、友禅染めの切れ端を使って成形したもの、ワンピースにしたくなるような縞柄花柄木綿製、端に愛らしいレースの飾りがついたマスクなど、上等なものばかりだ。世の中には器用で気前のいい人が多いとつくづく感服する。いちばん驚いたのは、スワトウ刺繍のハンカチで作られたマスクである。

「こんな高価なハンカチをマスクに?」

驚いて訊ねると、

「いいのいいの。マスクにしたほうが役立つでしょ」

それはそうかもしれないけれど。遠慮の体を装いつつちゃっかり頂戴して帰る。が、もったいなくてすぐには使えない。今、私のマスク置き場には、見ているだけでうっとりするようなマスクがたくさん保存されている。

しかし実際のところ、こういうお手製マスクのほうが、市販のマスクよりはるかに長持ちする。帰宅して顔からはずし、手を洗いながら同時にマスクも石鹸で洗い、そのままゴムの部分を蛇口にひっかけて干せば、まもなく乾いて新品同然。ほとんど劣化の跡はない。

もっとも私は市販の不織布マスクも同じように洗濯して何度も使い回していた。

「うそー。あれは使い捨てですよ」

あちこちでご批判をいただくが、だって洗えばまた使えるでしょう、もったいない。ただ、使い捨てタイプのマスクは洗濯すれば清潔にはなるが、少々毛羽が立つ。その毛羽が、次に使用するとき、コチョコチョと鼻をくすぐり、くしゃみが出そうになる。今どき、人前でくしゃみや咳はご法度だ。でも毛羽が鼻をくすぐる。とても困る。

そんなことを繰り返すうち、本格的にマスクが必需品となってきた。だからもったいないと思いながらも、手製マスクに手が伸びる。あまたのコレクションの中から

「今日はこれにしようかな……」と丹念に吟味した上、手に取って、いざ出陣と相成る。が、実は手に取るのを忘れて玄関で靴を履いてしまうことが多い。

「あ、しまった、マスク忘れた」

靴を脱いでまた部屋に上がる。この数ヶ月、何度この失態を繰り返してきたことか。母親に「ハンカチと鼻紙持った?」と問われたのは遠い昔。今どきはもっぱら、「マスクとスマホ持った?」と言われるばかりである。ついでに私の場合は秘書アヤヤに、「眼鏡、持ちましたか?」と始終つけ加えられる。

老眼鏡を忘れたら大変だ。眼鏡がないと手元のものは何も見えない。出先で仕事にならなくなる。だから私は自分のバッグに常時、老眼鏡を二つ入れている。加えて昨今は、「エコバッグ持った?」「あ、忘れた」という会話も増えてきた。

そう、エコバッグもじわじわとお洒落になりつつある。レジ袋が有料化された当初は、それまでためにためていたスーパーマーケットのレジ袋を一つずつ持ち出して使っていたのだが、仕事帰りに食料品の買い物をしようと思ってハンドバッグにレジ袋を二つほど突っ込むと、どうも景色が悪い。ついでにかさばる。きちんと畳めばいいのかもしれないが、そんな丁寧なことはなかなかできない。しかも、レジにて「袋はご入り用ですか？」と聞かれたとき、「あ、あります」と答えて手持ちのレジ袋を出してみると、それはそこのスーパーのレジ袋でない場合がときおりある。レジのおねえさんはさして気に留めていない様子だが、なんとなく気が引ける。

そんな折、デザイナーの友達から薄手でかさばらず、しかし極めて丈夫なナイロン製のエコバッグをいただいた。これならハンドバッグに入れても邪魔にならない。

「袋はご入り用ですか？」

レジにてそう問われ、「ありますよぉ」とバッグからエコバッグを取り出すとき、思わず得意顔になるのはどうしてか。

そうこうするうち、また別の人から、「手製なんですが使ってください」と、布製のエコバッグをいただいた。外側は布製だが、内側は野菜や豆腐を入れても濡れないようビニール製になっている。しかもポケットつきだ。これはもはやエコバッグというよりバッグそのもの。食料品の買い物に行くとき、そのポケットに財布とスマホを突っ込んで出かければ完璧だ。旦晩、私はこのバッグを食事に出かけるときや仕事先にも携帯するようになるであろう。

そして先日、さるブランド店でブラウスを買ったら、おまけにエコバッグをいただいた。お洒落である。よし、さっそく愛用しよう。とりあえずしまっておこうと抽斗を開けたら、携帯折り畳み式のナイロン製エコバッグが二つも出てきた。ああ、こんなにあったっけ。と気づいたら、その隣から小袋中袋がざくざく現れた。もはや我が家はエコバッグだらけである。毎日、取っ替え引っ替え使えるぞ。買い物に行くときに忘れぬよう、一つは書斎の棚の中、一つは玄関脇の抽斗、一つは台所の棚の上、一つは洗面所の入り口と、「さあ、出かけよう」と思い立つ場所が、たとえどこであろうと目につく場所に分散して置いてある。

ちなみに老眼鏡とマスクも同じ方式で、家のあちこちに分散して置いてある。にもかかわらず……。今日、仕事帰りに近所のスーパーへ寄ったときのこと。

「袋はご入り用ですか？」

レジで問われて手元にあったバッグをがさごそと、いくら探っても出てこない。

「ウチにはたくさんあるんですけどね」

苦笑いしてレジの人に話しかけたら、

「で、ご入り用ですか？　五円になりますが」

淡々と聞かれ、渋々と五円玉を差し出す私であった。

車窓旅情

新型コロナの感染者数がまたジワジワと増え始めている気配があるけれど、人々の移動度合いはむしろ高くなってきたように思われる。私にも少しずつ地方での仕事や用事が復活し始めた。ここ数ヶ月で、仙台、広島、石巻、大阪、広島、名古屋と、なんだかんだで毎週のように新幹線に乗っている。

コロナ騒動以来初めて新幹線に乗ったときはちょっと緊張したけれど、回を重ねるうちに慣れてきた。慣れることがいいのか悪いのか。わからないが、車内には頻繁に「常時マスクを着用してください」「換気は六分から八分ごとに行っております」「座席の回転はご遠慮ください」「大声での会話はお控えください」などと細かい注意喚起のアナウンスが流れるし、一方の乗客たちもそれぞれの座席にておしなべて静か。マスクをきっちり口に当て、お手洗いへ立つときもできるだけ他人との距離には気を使っている様子が伝わってくる。ここまで万全を期した環境にいるかぎり大丈夫だろうと小さく安堵する。

かくいう私はときどき息苦しくなってマスクを外したい衝動に駆られるのだが、さりげなく周囲を見渡すと、見事に皆さん、マスクをつけたままスマホと対峙したり読書をしたり寝たりしておられるので感服。日本人はなんと従順であることよ。おかげで私も「よし、我慢しよう」という気になるというものだ。

コロナとは関係ないけれど、昔から新幹線に乗るときは、なるべく窓際の席を取るようにしている。ことに東海道新幹線に乗って西へ向かう場合は、進行方向へ向かって右の窓際が好ましい。

なぜか。

いろいろ個人的事情があるからです。

まず品川駅を出発し、多摩川を渡ったあたりから窓の外へ目を凝らす。だいぶ昔、新幹線が見える川崎市内のアパートに住んでいた。間近というほどではないけれど、バルコニーから新幹線の通過する音と姿を認識するたび、秘かに手を振った。ということは、新幹線からもそのアパートが見えるはずだ。そう思い、新幹線に乗るたび窓の外を凝視することにしていた。多摩川を渡り、武蔵小杉の町を過ぎたあたり。そろそろだぞ。あの斜めの道の延長線上の右側のベージュ色のコンクリートの……ああ、あったあった。

ところがここ数年、いくら探しても見つからない。どこの道の先だったか、どの看板を過ぎてまもなくだったか、すっかり忘れてしまった。見つけることができないまま日吉の慶應大学の丘を通り過ぎ、そしてまもなく新横浜駅に到着する。

そうなると、次の目標は富士山である。富士山にもっとも近づく場所に到達するにはまだしばらく時間がある。そしてつい、窓から目を離し、スマホに溜まったメールの返事書きに没頭したり、読まなければならない資料を読み始めたり、あるいは寝こけたり。そしてハッと気づいたときはすでに大井川を渡った後だったりする。

でも三回に一回ほどの割合で、天候とチャンスに恵まれて雄大なる姿を目の当たりにできることがある。富士川の鉄橋を越えるところから望む富士山がもっとも美しい。富士の雄姿を写真に収めようと、ガラス窓にスマホを近づけ、静寂に包まれた車内でカシャカシャという音も高らかに連写してみるが、これがなかなか難しい。高速で走る新幹線から撮影すると、たいがい鉄橋の柱が邪魔をして、なかなかいい具合に撮ることはできない。

富士山を過ぎて次の楽しみは浜名湖となる。この湖の景色も捨てがたい。青く広がる湖面を眺めながら、以前、湖近くのホテルに泊まったこと、浜名湖畔で食べた桜エビの唐揚げがおいしかったことなどを思い出す。

車窓からの景色に思いを馳せるのはそのあたりまで。名古屋駅を過ぎると本格的に眠りにつくことが多い。ところが、このたび発見したのである。

名古屋を過ぎた後、新幹線は海沿いから離れて北西へ進路を向ける。恥ずかしながら、私は新幹線の名古屋から京都への路線がこれほど内陸であったことを、これまで認識していなかった。そうと気づいたのはスマホのグーグルマップのおかげである。どこを走っているのか知るためにグーグルマップで確認していたら、名古屋を過ぎてから現在地点の丸印がぐんぐん北西に向かっていくではないか。山あいを抜け、トンネルを何度もくぐり、そしてスマホ画面を移動する青丸マークはとうとう琵琶湖の東側に到達する。ということはまもなく琵琶湖が見えるのか？　そう思いながらまたもや窓の外を眺めていたら、突然、「佐和山城跡」という看板が目に入る。雑木に覆われた小山の前、草生い茂る田んぼの後ろにそれは立っていた。はたしてどれが佐和山であり、どこに城跡があるのか、探る暇なく一瞬にして景色は移り、はるか向こうにどうやら琵琶湖の湖面らしきものが見渡せるようになる。

気になる。後ろ髪を引かれる。私と同じ名前の山と城の跡。なんとなく親しみを感じる。いったいどんな歴史を辿ってきたのか。調べてみたところ、どうやらその山城の歴史は鎌倉時代に遡る。近江の地頭の砦としての築城が始まりで、軍事的にも重要拠点だった。戦国時代には石田三成をはじめとする数々の武将たちに城主の座を引き継がれたが、関ヶ原の戦い後、その地を支配した井伊家により新たな拠点・彦根城築城のため、佐和山城を築材として利用するべく廃城されたという。哀れな佐和ちゃん。もしかして大河ドラマにもたびたび登場したのかしらね。人気のない平地に立つ看板が、「僕、昔、ここで活躍したんですよ！」と叫んでいるように見える。

また一つ、確認しなければならない目標物が増えた。東海道新幹線に乗ると、だから忙しいのである。そう思いながら見落とすことたびたびだ。次の旅に期待を寄せて駅に着く。

芸術の迫力

新型コロナの勢いは収まるどころかさらに増しているかにも見えるが、そんな中、劇場での芝居やパフォーマンスは極めて慎重に再開し始めた気配がある。

先日、松山バレエ団主催、森下洋子さん主演の『くるみ割り人形』を観てきた。『くるみ割り人形』はクリスマスのハイライト演目だ。さほどのクラシックバレエファンではない私でも、今まで何度か観た覚えがある。チャイコフスキーによる数々の名曲も子供の頃から耳慣れている。ことに私は「花のワルツ」が好きだ。「好きだ！」と思ったのは実は数年前のこと。カラヤン指揮・ベルリンフィルハーモニー演奏のCDの中に入っていた。運転しながら車の中で聴くうちに、昔から知っていたメロディにもかかわらず、なんといい曲であろうかと再認識した。長閑で壮大なホルンの音色で始まり、ワルツのリズムとともに少しずつ、じわじわと、そしてどんどん盛り上がっていく。白やピンクのドレスを揺らして踊り子たちがぐるぐる旋回する姿を目に浮かべる。この曲に合わせて飛んだり跳ねたりする踊り子たちの心はさぞや喜びに満ちていることだろう。踊っていない私でさえ踊りたい気持になる。いつかこの曲を踊りと一緒に堪能したいものだと思っていたので、そのシーンを格別楽しみにして会場へ赴いた。

上野の東京文化会館はマスク顔の人々で溢れ返っていた。親子連れ、カップル、年配者。髪をひっつめて背筋をまっすぐに伸ばして歩く、いかにもバレエを習っていそうな少女たち。チュチュのようなドレスを着た女性もいる。きっとバレエが大好きなのだろうなあ。ホワイエにはクリスマスツリーが飾られて、いやが上にも気分が盛り上がる。しかし、どことなくあたりに緊張感も漂う。「コロナに注意」という暗黙の戒めが、観客にも主催者側にも徹底されているかのようだ。

実際、客席は一つおき。通常の半数しか入れない。公演前のアナウンスでも、「携帯電話の電源をお切りください」といった内容に加え、「マスクはつけたままでご覧いただきますように」や「ブラボーなどのかけ声はご遠慮ください」と念入りな注意が促される。

さて、早めに席に着いた私はプログラムを開いて驚いた。ストーリーを読むと、これまで認識していた『くるみ割り人形』の物語とは少し趣が異なっていたからだ。

私はずっと、この物語は裕福な家の娘クララがクリスマスパーティで見知らぬおじさんからくるみ割り人形をプレゼントされ、その人形を抱きながら眠りに落ちると、いつのまにか人形が王子様に変身していて、王子の案内で雪の国やお菓子の国を巡り、さまざまな踊りを楽しんで、そしていつしか夢が覚めましたとさという、楽しいファンタジー作品だとばかり思っていた。ところが、プログラムにはこんなことが書かれている。

舞台はドイツのニュルンベルク。たび重なる戦争、貧困、食糧難、各種伝染病に多くの人々が命を奪われ、悲しみと恐怖が蔓延する時代、心清らかな少女クララが思い立ち、パーティを開くことにした。それぞれ失った家族や大切な人をかたどったマジパンや棒菓子人形を持ち寄って祭壇に祀り、「生まれ変わってほしい会」を催しましょうと。その会にドロッセルマイヤー判事という怪しいおじさんが訪ねてきて、クララにくるみ割り人形を手渡す。実はそれは、悪霊の魔力によって人形の中に閉じ込められた神性の王子アマデウスだった。クララの力で人間の姿に戻ることのできた王子に案内され、二人して天国への旅に出る。雪の精になった友達と再会し、お菓子の国で懐かしの祖母に会い、そして、彼らは戻らぬ身となったわけではなく、姿を変えてこの世に生まれ変わっていることを知り、クララは勇気を得るのであった。

「『くるみ割り人形』って、こういう深い話だったの？」

仰天した。実のところ、そういう物語のバックグラウンドを創り出し、踊りに組み込んだのは、森下洋子さんのご主人、演出家の清水哲太郎氏だったことを休憩時間に知るのであるけれど、確かに舞台の展開は、そんな具合だった。

キラキラ光る雪の天使たちとクララこと森下洋子さんはハグを繰り返し、雪の女王様とも懇意な雰囲気。はたまた有名なお菓子の国のシーンでは亡くなったクララの同級生メラニーがスペインの踊りを披露し、アラビアの踊りは親戚のテレジアが踊るという具合。「花のワルツ」ももちろんステキだったけれど、何よりの圧巻は、小林幸子登場かと見紛う巨大な女王様が現れて、その巨大な白いドレスの裾から次々に、赤、青、黄色とカラフルな衣装に包まれた子供ダンサーたちがたっぷりたくさん、まるで「パプリカ」を歌う子供たちのようにいとも楽しそうに踊り回る。なんと愛らしくも華やかなことか。目の前におとぎの国が現れたかのようだ。

知っていたつもりの『くるみ割り人形』にこれほど感動するとは思わなかった。いつしか私はオイオイ泣いていた。涙がとめどなく流れ出る。このコロナ禍の鬱屈した気持と、清水氏が創り出したクララの世界が重なったからか。リモートだらけの空間から一転、生の舞台の迫力と華やかさに圧倒された衝撃もあった。まことに上演困難なる状況下で、「死ぬ気で踊ります！」と覚悟を決めて（いらしたらしいです。確かな消息筋による）舞台でエレガントな少女を踊り切った、本当に十五歳ぐらいにしか見えない可憐な森下洋子さんの姿に心打たれたことは間違いない。さらに加えるならば、「生で観たい！」という客席の熱意と「上等の本物を見せたい！」という出演者諸氏の情熱が見事に共鳴したとしか思えない。

ときとして不要不急に分類されがちな芸術は、今だからこそ大いなる力を持って人の心に響くことを実感した。アンコールもすごかったのよ。あ、もう書く余地ないわね。

我が視界

我が秘書アヤヤと一緒に外を歩いていると、

「あ、猫がいた！」

「キャッ、可愛い、あのフレンチブルドッグ」

「うわ、あの子（って犬ですが）、こっちを見てるぅ」

などと頻繁に、いかにも愛おしそうな奇声を発する。対する私が、

「あ、そう」

無愛想に反応すると、

「アガワさん、犬猫に対する愛が薄すぎます」とアヤヤに叱られるのだが、私はすかさず、

「犬猫に目を向けてばかりいないで、いい男に目を向けたらどうなんじゃい？」

「だっていい男なんて、歩いてないですもん」

こうして埒の明かない会話が続く。

概して男という動物は……といって、身近な例は我が家に一人しかおりませんが、観察するところによると、いくつになっても異性に目が向くものらしい。得てして敏感、極めて俊敏。

のらりくらりと歩道を歩いていても、

「今すれ違った女の子、〇〇だね」

車を運転しているときでさえ、横断歩道を渡るたくさんの人の中から、

「お、すごい〇〇の〇〇な女性がいた！」

ここで〇〇を明記するとセクハラ発言になりかねないので割愛させていただくが、ざっとこんな具合である。私が、「え？　どの人？」と振り向いても、もはや雑踏に紛れて見つからない。それほどに、一瞬のすれ違い際であろうとも男という動物は見逃すことがない。

人間の耳や目は、周辺にあるものを何でもすべて捉えることはなく、巧みに取捨選択しているという。

となれば、いったい私自身は何を景色から取捨選択し、どこに興味のアンテナを立てているのだろうか。

「いい男」を漁るほどのエネルギーは絶えて久しい。そもそも狩猟系の女子ではなかったので、若い頃からアンテナ自体の性能が低かった。私が言うところの「狩猟系女子」とは、ビビッと来た異性に対し、自ら積極的にアタックするタイプの女性のことであり、私はむしろ農耕系だったと自負している。だからアヤヤのことをとやかくは言えない。恋をしたい気持は山々なれど、できればアチラから攻めていただいて、その後、「どーしよーかなあ」と考え、考えすぎて機を逃す。実際、そういう女の子が同世代には多かったと思われる。

しかしときどきいたのであるよ、私の若き時代にも狩猟系女子というものが。

「ぜったい見逃したらダメよ。私なんて運転しながら、すれ違う車の男を吟味してるもん。イエス、ノー、ノー、ノー、イエスって」

さる友人からそう助言され、そうか、それぐらい積極的にならなければいい男は見つからないのかと考え込んだ時代もある。とはいえ実行できたためしはない。そんなことをしたら交通事故を起こしかねないし、まして運転する姿だけで男の善し悪しを見抜く力はない。ところがその果敢女子はさらにこうのたまった。

「本気でステキ！　って思ったら、Uターンしてその車を追いかけるわ！」

その後、どういう恋の顚末の数々を展開なさったか知らないが、時を経て、今やその女性もご伴侶と平穏な生活を続けている……はずだ。

先日、仕事仲間の編集者君と六本木を歩いていたら、

「あ、今、〇〇君がいましたね」

誰じゃそれはと問うと、今、〇〇界で絶大な人気を誇る方だという。

どうも今回は〇〇が多くてすみませんね。この場合は書けないのではなく、覚えていないのである。「どれどれ」とその〇〇界のアイドルらしき若者の姿を認めたところで、そもそも知らないから何の感慨も湧かない。そこで私は気がついた。そうか、私は世の中全般への関心が薄れているのではあるまいか。

大学生の頃、私は自分でも驚くほど町中遭遇頻度が高かった。

「今日、渋谷駅で偶然、M子とばったり会ったの」

「お店に入ったら、T子が彼氏といたのよ」

「六本木で歌手の〇〇を見かけたよ！」

我が身に起こったニュースを他の友達に話すのが楽しみだった時代がある。なぜこんなに遭遇するのかと考えて、思えばひっきりなしに周囲に視線を配りながら歩いていた気がする。大学生になり、親の厳しい監視下とはいえ、高校時代に比べれば行動範囲も行動時間も一気に広がった。興味と関心が溢れ、見るもの聞くものがうらやましく輝かしく映った。それなのに、いつの頃からか視野が狭まった。目撃すると、感動より腹立たしさが先立つようになったせいか。世間のスピードについていけなくなったのかもしれない。他人様と視線を合わせないように歩いていることが増えた。それでも目に入るものはある。

ウチの近所の坂はきつい。ときどき坂の途中で立ち止まっている高齢の方がおられる。一度、自転車のハンドルを両手で握ったまま、とんと動かぬおじいちゃんを目撃した。あまりにも長い時間、そのまま立ち止まっておられるので、近づいて声をかけた。

「大丈夫ですか？」

するとおじいちゃん、こちらを振り向くことなく呟いた。

「疲れちゃったの」

別の日。同じ坂でおばあちゃんが両手に買い物袋を持ち、歩みを止めた。しばし休息を取っているのだろう。坂の上から下りてきた私は、そのまますれ違おうと思ったが、ふと思い立ち、声をかけた。

「上までお持ちしましょうか？」

しかしおばあちゃんは私をチラリと見てきっぱりと、

「大丈夫です」

ムッとした顔で歩き出した。きっと意地があったのだろう。余計な同情は無用だと言いたかったのかもしれない。私は小さく会釈して通り過ぎた。明日は我が身だ。

どうもそちら方面ばかりが目に入る。

変化と惜別

もしもコロナ騒動が収束したら……。完全にウイルスが消滅することはないかもしれないが、とりあえず移動の不安や密接の恐怖から解放されるときが訪れたとしたら、真っ先にしたいことはなんですか？

最近、友達との会話にそんな話題がのぼるようになった。問われた私は、「そうだなあ」としばし考えて、

「ハワイに行きたい！」

答えたところ、同意した友達が複数いた。世界遺産巡りの旅をしたいという友もいた。とりあえず私の周辺では、どこか遠くへ行きたい願望が強まっているようだ。

「ね、行きたいよねえ」

頷き合う。若い人たちにはまだ望みがあるだろうけれど、前期高齢者である私なん

ぞは、「もう大丈夫、行ってらっしゃい」と言われる頃にこちらの足腰が危うくなっている可能性がある。海外旅行そのものへの気力体力が欠落しているとも想像される。だから私はこのところ、誰かに便りを出すとき、昔ハワイで買った古い絵葉書を取り出して、「もう訪れることがないかもしれないハワイの絵葉書にて失礼いたします」と書く。書いてから、少し寂しい気持になる。

「でもね」と、一人が発言した。

「実際にハワイへ行ける状況になったら、きっと日本人だけでなく世界中のハワイ好きがこぞってハワイを目指すだろうね。そうなったら観光客が溢れすぎて、そのせいでハワイ入国制限が出されるかもよ」

なるほど。ますますハワイは遠くにありて思うものか……。

そんな贅沢な話をするまでもなく、いろいろな人がコロナ収束後の夢を描いているにちがいない。料理人は熱風漂う厨房でマスクなしで料理作りに専念したいだろうし、医療従事者の方々は、ゴワゴワバサバサ音がする防護服やフェイスシールドをさっぱり脱ぎ捨てたいだろうし、あるいは大人数の仲間と肩寄せ合って飲み会をしたいと望む人もいるだろう。カラオケに行きたい、人混みで騒ぎたい、踊りたい、バーゲン会場で押し合いへし合いしながら掘り出し物を奪いたい、合唱したい、声を張ってスポーツ観戦したい、ヤジを飛ばしたい……。今まで当たり前にできていたことができなくなったとき、人はまず戸惑い、自らに我慢を強いた上でなんとか順応しようと努め、そしてまもなく夢想する。

あー、この束縛から解放された暁に、何をしてやろう！

人は変化を望む動物だ……と思う。昨日と違うことを喜んだり悲しんだりして、感情の起伏を繰り返しながら前へ進む。変えることで気分を刷新し、あるいは反省し、何かを学習する。もちろん、大きな変化を望むか、気づかないほどの小さな変化を好むか、人によってまちまちではあろう。しかしまったく同じ状況を維持したまま時を過ごすのは難しい。

もちろん自然は刻々と変化する。月は毎日、膨らんだりしぼんだりして我々の目を楽しませてくれるし、雲は留まることなく大空を流れゆく。木々の葉は色を変え、窓際で育てている豆苗はすくすくと伸びていく。みんな着々と生きている。そう思うと元気が出る。よし、自分も変わろう！　そして眼鏡を替えたり髪型を変えたり、部屋の模様替えをしたり引っ越しをしたり、旅をしたいと願う。

新たな年を迎えたことを機に、できる範囲で変えてみた。まず台拭きを捨て、新しいタオル地の布巾にした。タワシとスポンジも替えようと思ったら、スポンジはまだそこそこ弾力もあってきれいなのでもう少し使うことにした。タワシは替えた。古いタワシと台拭きに向かって、「長い間よく頑張ってくれました。ありがとね」と別れの挨拶をしてゴミ箱へポイ。続いてバスルームへ移動する。

バスタオルがだいぶへたっているのに気づく。よし、一枚捨てることにするか。バスタオルは洗濯するたび棚に重ねていく。使うときは上から順に取り出す。そのため、使用頻度の高いタオルとほとんど使ったことのないタオルに差が生じる。出場頻度が高いと思われる黄色いバスタオルはもはや色が褪せ、よく見ると端っこに穴があいているではないか。

「もうじゅうぶん働いたね」

取り上げてゴミ箱へ向かったが、「そうだ、雑巾にしよう！」と思いつき、目的地をユーティリティに変更する。

もう少し思い切った改革をするつもりはないのか？　自らを鼓舞して気がついた。そうだ、ゴルフ用に使っているボストンバッグを買い替えよう。以前のものは十年以上の仲であり、底の四隅に穴があき、チャックの持ち手が壊れてヒモで代用するほど愛用した。もう寿命と見ていいだろう。ゴルフ用品店に赴いて、バッグ売り場の床に座り込み、居並ぶバッグのチャックを開けたり（口が小さいとモノを入れにくい）、手に持って重さを比べたり（できるだけ軽量なバッグがいい）、あれやこれやと吟味して、ようやく一つを選び取り、購入して持ち帰った。

今、私の前に新しいボストンバッグと古いボストンバッグが並んでいる。さあ、交代の儀式を始めるぞ。厳粛な気持で見比べるうち、ふと亡くなった母の顔が蘇った。思えばこのバッグはもともと母のものだったのだ。「使わないならちょうだい」「ああ、いいわよ」と、半ば無理やり譲ってもらった品である。母はこのバッグを気に入っていたのだろうか。母と一緒にあちこち旅をしたかもしれない。そう思うと安易に捨てられなくなった。だからといって永久に取っておくわけにもいかない。ここまでボロボロになるほど使い切れば、母もきっと許してくれるだろう。そうだね、捨てよう。でも待って。いや、捨てよう、でも待ってと心は千々に乱れ、結局、古いバッグを廊下に放置して、毎日、眺めている。

変化には、もれなく惜別がつきまとうから困るね。

揺れる女

前回、変化について書いた。そういえば、もう一つ変化させたことがあった。新年を迎えてからではないが、少々髪を伸ばしたのである。

巷の噂によると、この蟄居期間を逆手に取って、シミ取りをしたりプチ整形をしたりする人が多いと聞く。しばらく人目に晒されなければ秘かな変化に気づかれずに済むという魂胆か。なるほどね、と感心し、シミ取りやナントカ注入に挑戦する気概もないので、思いついた。ちょっと髪型を変えてみるかな。

すでに公表済みではあるけれど、私は長らく美容院へ行っていない。髪の毛を自分でカットするようになって久しい。コトの発端は、親の介護と仕事に追われてゆっくり美容院へ行く時間を取りづらくなったせいだ。洗面所の鏡の前に立ち、伸び始めた髪の毛を見つめ、「あー、カットしたい！」という衝動にかられたとき、ふと手元にあった鼻毛切りハサミを握り、試しに前髪を切ってみた。

「あら、ちょっとスッキリしたわ」

昔から幼い弟のヘアカットは私の担当するところであった。縁側に椅子を持ち出し、弟を座らせて、ビニールの風呂敷を首に巻きつける。その横のスツールに私も腰を下ろし、ハサミと櫛を左右の手に握り、床屋さんになった気分で弟の髪の毛を垂直に持ち上げ、毛先をチョキン。場所を変えてまた持ち上げてチョキン。こうすれば散切り状態にはならない。ほどよく長さが不揃いになり、

「ほらねー、姉ちゃんはカットの天才だね」

弟が褒めてくれたわけではない。私の自画自賛である。

そんな修業のときを経てはるかのち、自らの髪の毛を切る習慣がつくにつれ、たしかに腕は上がったかに見られた。前髪のみならず頭のてっぺんや襟足のカットもそれなりにできるようになった。当初は肌を切るのを怖がって切っ先が丸くなった鼻毛切りを使っていたが、今や本格的なヘアカッ、専用のハサミを使っている。

「えー、自分で切ってるの？　上手ー！」

まわりの評判も上々で、その気になった私はますます美容院から足が遠のいた。

ただ、数年に一度のわりで美容院へ行ってプロの手でカットしてもらったあと、人に会うと必ず言われるのである。

「やっぱり、(美容院に)行ったほうがいいね」

そんな揶揄にもめげず、セルフカットとセルフ白髪染めを続けていた私であったが、ある時期、なんとなくカットを怠った。すると、髪の毛は伸びるのですね。そうか。しばらく同じ髪型をキープしなければならない仕事はないので(たとえばある期間にわたって同じ番組の撮影が継続される場合など、髪型を変えないようにという指示が出されることがある)、ここは伸ばすに任せてみようかという気になった。すると、かすかな気持の変化が生まれた。

顔のまわりで髪が揺れる。長らくショートヘアを維持していたので、「髪が揺れる」という感覚を忘れていた。

「女性は、あちこち揺れると女らしくなると言われていて、だから私、髪の毛を伸ばしてカールをかけてるの」

さる女優からあるときそう言われ、たしかに私の髪の毛は揺れないなあ、だから色気がないと言われるのかと思った覚えがある。

とんと忘れていたけれど、今、私の髪の毛は十数年ぶりに揺れ始めた。ふふふ、悪くない気分ね。

しかし同時に不安も覚える。

私は自ら書いたことがある。いつまでも己のモテ期の髪型に固執してはならぬと。

この髪型のときが人生においてもっとも周囲にちやほやされていたと思うと、その髪型と離れがたくなり、同時にもっとも自分に似合っていると思い込む。そしてどれほど肌の張りや透明感が消え失せても、髪の毛のキューティクルとボリュームがなくなっても、総合的に髪型と顔面との相性が悪くなろうとも、その現実に本人は気づかない。

「だから若い頃の髪型に戻そうなんて無謀な考えは捨てるべきである」

そう豪語した私が今、無謀な方向へ向かいつつあることを、どうしましょう。

「最近、なんか雰囲気変わった？　テレビで見てると、女らしくなったような気がする」

あら、そうかしら。ちょっと髪を伸ばしただけなんですけど。

「ウチの奥さんがアガワさんに聞いてくれって。すごく若返ったみたいに見えるけど、なんか、打った？　飲んだ？　切った？」

いえいえ、何もしておりません。ただ、髪がだいぶ伸びましてねえ。

こういう感想が届いているうちは、満足であった。たまに髪型を変えるのもいいもんだ。気をよくした私は、もっとも身近な同居人に向かい、

「どうかしら、この髪型」

首筋に絡む毛先を指で梳きながら、身体を回して問いかけると、相方は「うーん」と一言唸ったのち、

「どっちかっていうと、短いほうが好きかな」

あ、そうなの。俄然、うなだれる。

続いて新年早々に会った親友の旦那様にはきっぱりと言われた。

「少し伸ばしかけのときはいいと思ったけど、そこまで長くなるとヤマンバだな」

ヤマンバ！　かくも具体的に否定されるとは。身内より厳しいご意見である。

実際、野放図に伸ばしすぎた自覚はある。少し修正を施そう。そう思い、私はまた洗面所の鏡の前に立ち、微調整に精を出す。

前髪を丁寧に整えて、ヤマンバ色を取り除く。襟足が外側に跳ねないよう、内側に

ハサミを入れる。するとまもなく、「長いのもいいね」という感想が届く。しかしその翌日には、「短いほうが似合ってる」という意見が耳に入るのだ。

変化には、もれなく賛否両論がつきまとう。今、私の心は、髪より激しく揺れている。

CM育ち

テレビの長寿番組が次々に姿を消し、盤石と思われたベテラン司会者（私のことではない）がどんどんクビになると聞く。その理由はさまざま噂されつつも、コロナの影響が皆無とは言い切れないだろう。いや、実はコロナ騒動が起きる以前から、スポンサーたる民間企業の間に、「はたしてテレビ番組に投資して、どれほどの費用対効果が期待できるか」と危惧する空気はすでにあったと思われる。その危惧を「決行」に移行させる発火点となったのが、コロナではあるまいか。

民放テレビは企業から広告料をいただいて、そのお金を使って番組を制作する仕組みになっている。つまりスポンサーなくして番組を作ることはほとんど不可能だ。同時にスポンサー企業はコマーシャル映像をテレビで流し、視聴者が、「あら、このコマーシャル、好き。今度、買ってみようかしら」と心が動き、商品購買に繋がるという経済の循環が、長く私たちの頭には当然のものとして受け入れられてきた。ところがこの期に及んで、その〝当然〟が崩れ始めたかに見える。

若者がテレビを観なくなった。高齢者層でさえ、決まった番組しか観ない、あるいはネットで映画を観る楽しみを覚えた。そう、スポンサーたちは、「ネットに広告を出したほうが効率的だ」ということに気づき始めたらしい。

なんてね。ここで経済問題を論じるつもりはない。長くテレビでお世話になった身とはいえ、私が騒ぐ筋合いの話ではない。ただ一つだけ、小さく寂しくなったことがある。

テレビを観る楽しみは、もちろん番組そのものにもあるけれど、その間に流れるコマーシャルに私は長い年月、どれほど刺激を受けてきただろうかと回顧するのだ。

テレビコマーシャルにはその時代の最先端のものが詰まっていた。出演するタレント、映像技術、音楽、アニメ、音響効果、キャッチコピー、アイディアなどが、ほんの数十秒の動きのなかで、それこそキラキラ光り輝いていた。今でも忘れられないコマーシャルソングはいくらでもある。

♪アンネ、アンネ、アンネー♪

中村メイコです。私も使ってます。

小学生だった私はこの女声コーラスの軽快なメロディが好きだった。だからなにかというと口ずさんでいた。ランドセルの中身を整理しながら、台所で冷蔵庫を漁りながら、廊下を歩きながら、♪アンネアンネアンネアンネー。するとあるとき母から厳しい声が飛んできた。

「止めなさい！」

私は驚いた。どうして？

「まだあなたは知らなくていいの！」

化粧品のコマーシャルだと思っていたのだが、生理用品であることをあとになって知る。

お菓子のコマーシャルソングにも洒落たものが多かった。♪マーブルマーブルマーブルマーブルマーブルチョコレート！　このしつこいほどの連呼が、あの色とりどりの豆のようなチョコレートのイメージにぴったり合っていて、筒形の容器の蓋をポンと抜くと、上原ゆかりになり切って、自動的にこの早口歌が口から飛び出したものである。

「明治チェルシーの唄」は、友達と学校帰りによく口ずさんだ。最後の「あーなーたーにーも、わけてあげたいー」の部分を二人でハーモニーにする快感がたまらなかった。

中学二年生のとき、学期末に通信簿を先生から一人ずつ受け取る日が訪れた。いつもは名簿順だったが、たまには名簿の最後からにしようという意見が出て、私は「アガワ」であるから、ずっと待たなければならないことになった。その待ち時間にふと、「♪アーモンド、ロッテのアーモンド！」というポップなコマーシャルソングが浮かんだら、止まらなくなった。一緒に待つ友達とお喋りをする合間にも、頭の中には「♪アーモンド」のメロディが流れる。「まだかなあ」と窓から景色を眺めても、「♪アーモンド！」、そしてついに先生に呼ばれ、個室にて、

「あなたは今学期、数学の成績が芳しくありませんでしたよ。来学期は頑張らないと……」

先生のお叱りの言葉を受けている最中も頭の中で「♪アーモンド！」。ああ、消えてくれ、♪アーモンド！　でも消えない♪アーモンド。

あのコマーシャルソングを思い出すたび、同時に担任の先生の怖い顔が浮かぶ。

役に立ったコマーシャルソングもある。

♪アイ・マイ・ミー・サントリーレッド、ユー・ユアー・ユー・サントリーレッド♪

この歌のおかげで私は中学一年生のとき、英語の人称代名詞の格変化を難なく覚えることができた。サントリーさん、ありがとう。

一方でコマーシャルのせいで試験に失敗したことがある。「髪はながーい友達」という発毛促進剤のキャッチコピーを信じ、国語のテストで、「髪」を書けという漢字問題が出たとき、そのコピー通りに書いたところ、バツがついて返ってきた。え、どうして? 一瞬、驚いたが、以来、学習した。髪という漢字の左上は、「長」ではなく「镸」である。

白い服を着た男女四人が、白い卓球台の前で小さな白い玉を追って激しく戦っている。そのスピーディな動きに合わせ、「♪ペプシコーラ、ペプシコーラ、ペプシがなければはじまらない!」というジャズのような歌が流れる。その映像が現れたとき、私は衝撃を受けた。卓球部員だったからなおさらだ。こんなお洒落な世界が卓球で表現できるのかと驚いた。地味だと思っていた卓球に少し自信と誇りを取り戻した。

テレビコマーシャルはその時代の文化である。そのときどきのコマーシャルに私は育てられたと思っている。この映像世界に勢いがなくなるとしたら、それは一つの文化の消滅に繋がるのではないかと心配だ。

追伸。今でも明治のコマーシャルが流れるとき、冒頭に「明治！」と一言、可愛らしい声が響くが、あの声は十朱幸代さんとしか思えない。違います？

追記　後日編集部の方が調べて下さった結果、〝あの声〟は十朱幸代さんではなく、浅井麻里さんという方のものであることが判明。よく似ていると思ったけど、そうでしたか。失礼しました。

褒められる力

久しぶりに『婦人公論』の表紙撮影の依頼を受けた。新聞で連載していた小説『ばあさんは15歳』が単行本になって刊行されるのを機にお招きいただいた次第である。と、さりげなく宣伝してみました。

それはともかく、考えてみたらこのような華々しい場で被写体になるのは久しぶりだ。単に私にそういうお声がかかっていなかっただけかもしれないが、にわかに非日常的な高揚感を覚える。

もちろん、コロナ禍になっても週刊誌の連載対談はずっと継続していたので、カメラの前に立つのは常のこと。でもそのときは自分メイクの自分衣装で、なにより主役はゲストである。さほど緊張することはない。いっぽうテレビの仕事では楽屋でプロのメイクさんに磨き上げていただき、プロのスタイリストさんに豪勢な衣装を用意してもらい、テレビカメラに囲まれ、ときに愛想良く、ときに真面目に、はたまたシワシワになるまで笑うけれど、いずれの顔を晒しても、「自分が主役」という意識はない。あくまで進行役であり、「きれい！」に映してもらうことを主目的とする場ではない。

しかし表紙撮影となると、話は別である。主役というとおこがましいが、とりあえずこの雑誌の表紙に登場し、「さあ、今号も面白いですよ。寄ってらっしゃい、見てらっしゃい」と読者の購買意欲をかき立てる一助とならねばならない。そう思うと、いい加減な顔はできないと緊張する。

もっとも、私よりはるかに重くその責任を担っているのは、この表紙担当となった編集嬢たちであろう。撮影してくださるのが業界屈指の大御所、篠山紀信氏であるとはいえ、篠山先生がカメラを抱えるまでの下ごしらえ、事前手配、雰囲気作りを完璧なまでに整えなければならないのである。

そこで彼女らは何をするか。

被写体たる私を褒める。褒めちぎる。朝、私が撮影スタジオに到着するや、

「お久しぶりでーす。髪、伸びましたね。テレビで拝見して、また一段と女らしくな

ったなあって。その長さ、お似合いです！」

以前にも書いたが、長年のショートヘアを脱却し、少しだけ伸ばして今さらながらのオンナ度を高めてみようかと試みているところ。しかし美容院にも行かずセルフカットで無造作に伸ばしているせいか、「ヤマンバみたい」とさる紳士に揶揄されて以来、自信をなくしていた。そこへ間髪をいれず、「お似合いです！」と力強く言われると、ついニンマリ。私の揺らぐ心を見事につかんで、「大丈夫！」と太鼓判を押してくださるタイミングの良さたるや。お世辞と知りつつも悪い気はしない。

かつて、私はこの種の「お世辞」が苦手であった。同じメディアの仕事でも、テレビ関係の人々はさほど褒めてくれることがない。収録を終えて、「どうだった？」とスタッフに訊ねると、「問題ないっすよ」と答えながら、もはや次の段取りに頭を巡らせている様子が明らかだ。活字の仕事では褒めるのが得意な編集者もいれば、ただ黙々と原稿を受け取る編集者もいる。ところが同じ活字とはいえ、女性誌の仕事、特に撮影の現場へ行くと、なぜこれほど褒めちぎってくださるのかと、むしろ不安になるほどのリップサービスの嵐に襲われる。

異口同音に「可愛い！」「ステキ！」「きれい！」と愛らしい声を連発する編集嬢の

本心を疑って、長らく馴染まなかった。本当は、そんなにきれいとは思っていないのではないか。被写体が機嫌良くカメラの前に立つために編み出された女性誌伝統のおだて作戦であり、彼女たちにとっては苦渋のノルマにちがいない。彼女たちもつらいだろうが、こちらも極力その甘い言葉を真に受けまいと思ってきた。

今回の撮影でも、たっぷり時間をかけてメイクさんとスタイリストさんに美しく仕立て上げていただき、「よし！」と覚悟を決めて楽屋を出るや、

「キャー、カワイーイ！」

「めちゃくちゃお似合い！」

「もうアガワさんったら、若すぎる〜」

さんざん待たされてすでに疲れが溜まっているはずの編集嬢たちがこぞって私を褒めそやす。拍手まで起こったりする。続いて篠山巨匠にテスト撮影をしていただき、パソコンに映し出された私の姿を確認しながら、

「カワイーイ！」

「すごく自然でいいですねえ」

編集嬢だけではない。篠山巨匠も実にたくみに、「はい、本番いきますよ。いいね

いいね。動きがあって。女優だねえ」なんて。「はい、もうちょっと左向いてみて。そうそう、手をもう少し上に、そうそうそう」なんて。もしかして私はことのほか篠山巨匠に気に入られちゃったんじゃないかと勘違いしているうちに、気づいたら撮影終了。申し上げるまでもなく篠山巨匠の撮影は驚くほど速い。さささっと狙いを定め、さささっとシャッターを押し、こちらが迷ったり不安になったり表情がフリーズする暇もないうちに終わる。さすがなのである。

みごとなチームワークのおかげで予定より早く撮影が終わり、「ありがとうございました」と私が頭を下げると、またもや、

「いえいえ。アガワさん、モデルとしても行けます！　本当にお上手！　また是非お願いします！　これ、どうぞお持ちください！」

おいしいお弁当のお土産までいただいてスタジオを出るや、なんだか無性に晴れ晴れとした気持。この心地よさはなんだろうと考えて、合点した。

やはり仕事は褒められるにかぎるのだ。仕事じゃなくても、褒められたい。もはや嘘でもお世辞でも社交辞令でもかまわない。さんざんおだてられたあと、たとえその結果を見て、そこまで上出来ではなかったという現実に直面したとしても。

苦手一筋

九年半続いたテレビのトーク番組『サワコの朝』が終了した。聞き手の私とゲスト一人（たまに二、三人）しか出演しないシンプルな番組だった。

二〇一一年の秋にこの番組がスタートした当初、私は週刊誌の連載対談の聞き手も務めていて、さらに同じ頃、インタビュアーとしての来し方を綴った『聞く力』という新書が、自分で言うのもナンですが、けっこう売れていた。その本の中で私は、「インタビューをするとき、手元にメモは置かない主義です」と豪語した。そう見得を切った上は、テレビの収録現場においてもメモや台本を置けなくなった。しかし、雑誌対談と違い、スタジオでは煌々とライトを当てられ、大きなカメラが四台も終始こちらにレンズを向け続け、その周辺にはディレクターとかプロデューサーとか、たくさんの人が私の質問や動向を注視している。それだけでも緊張するというのに、こちらはプロのメイクさんにお化粧してもらい、着慣れぬお洒落な借り物衣装を身につけて、まことによそいきモードにならざるをえない。その衣装がまた、ときどきウエストの引き締まったデザインだったりすると、ちょっと油断した途端、真横から出っ腹をカメラに捉えられる恐れがある。あるいは会話に集中するあまり、豪快に広げた足元を撮られてしまうこともある。つまり、雑誌の対談とは違うところに神経を働かせなければならなくて、聞き手としての業務に注ぐべき集中力を欠き、次はどういう話の展開にしようかと慌てて下を向いたところでメモはない。誰が「メモは置かずにインタビューすることが大事です」なんて言ったんだ⁉ 私です。

さらにここ一年あまりはコロナの影響で、ゲストと私の間に分厚いアクリル板が設置された。それはたいそう安心なことではあるのだが、いかんせん分厚い。アクリル板越しにお話を伺おうとすると、寄る年波に耳が遠くなってきた身としては、ゲストの声を聞き落とすこともしばしばだ。「はい?」と何度も繰り返す羽目となる。

話が少し逸れるけれど、昔、俳優の西村まさ彦さんに雑誌でインタビューをした折、何かの拍子に私が「え?」と聞き返したら、

「僕、人に『え?』って言われると、傷つくんですよ」

静かにうつむかれたことがある。なるほど「え？」にはその裏に「聞こえないんだよ、お前の声じゃ」とか「なんだとぉ？」とか、相手の発言に対する敵対意識が含まれているかに思われる。西村さんは子供の頃、友達に「え？」と問い返されるたび、自分が的外れなことを言ったのではないかと怯えたらしい。

西村さんにそう指摘されて以来、「え？」と聞き返したくなったら、急いで語彙変換を頭に命じ、「はい？」と丁寧に聞き返すよう心がけている。

そんなふうにちょっとした合いの手や返答に気を遣っているつもりでも、知らぬ間に癖は出てしまう。

私が頻繁に口にする癖は「でも」である。別にゲストの前言に異を唱えようという意図はないのだが、気づくと「でも」と言っている。しいて自らを正当化するならば、「そんなに謙遜なさるけど、こういう視点もあるのでは？」とか、「そんなに悩んだ時期があったとはいえ、最近のご活躍はご立派で」とか、私としては肯定的方向へ話題を向けようとする場合に多用しているつもりだが、でも、「でも」が多すぎる自覚はある。だからインタビュー中に「でも」が口を衝いて出ると、言ってしまった直後に「しまった！」と心の中で反省し、しかしもはや消すことのできない現実に愕然として、何を聞くのかすっかり忘れ、頭がウニになる。

これが活字の対談である場合は、出版される前に原稿をチェックして、「でも」の部分を削除すれば済むのだが、テレビで私の「でも」だけを消去して編集することはほとんど不可能に近い。だから私の「でも」癖が露骨に視聴者の目に晒されることとなる。でも（と、これは本来の使用法ね）、あら、そんな癖があったの？ 今度、確認しよう、と思っているあなた、もう番組は終わったから検閲できませんのよ、お生憎様です。

終わったついでに暴露すると、他にも私には目障りな癖があった。それは、話の途中でむやみに髪の毛を右の耳にかける仕草をするのである。どうやら無意識の動作らしく、これはインタビュー中に「しまった！」と思うことすらない。あとで放映されたものを見て、

「やめなさい、耳に髪の毛をかけるのは！」

画面に映る自分を叱りつけるが、覆水は盆に返らない。録画した番組を見て、「よし、次回はぜったいにやるまいぞ！」と自らに誓っているうちに、番組は最終回を迎えた。

しかし、それよりなにより本質的な問題が、番組終了直前に発覚した。

ゲストにゲッターズ飯田さんをお招きしたときである。お笑い芸人でありながら、占い師としても有名だと聞いて、番組内で私を占っていただくことになった。その結果、ゲッターズさんは清々しく言い放ったのだ。

「アガワさん、聞く力、ないですよ。人の話を聞くより、むしろ自分がお喋りするほうが得意でしょう」

ハッとした。薄々そんな気はしていたが、そこまで他人様にはっきり断罪されて、聞き手の私はどうすりゃいいのよ、思案橋。たしかに私はお喋りな女である。『聞く力』を出版したとき、学生時代の女友達に言われたのを思い出す。

「アガワ、この本、読んだほうがいいよ」

私の多弁には昔から定評があった。そんな私になにゆえ「聞き手」の仕事が舞い込んで、なお長く続いたのだろうか。それはきっと、苦手意識があるからこそ、叱られまいと必死になるからではないか。いつまで経っても得意と思えないから緊張感を失わないのかもしれない。と、自分を無理やり慰めてみたけれど、このたび、クビになりました。

短歌あいみて

歌人の穂村弘さんにお会いした。「歌人」という肩書きの、なんと高貴で知的な響きの漂うことか。

「歌人の穂村です」

そんな自己紹介はされなかったけれど、そう言われたら、私はたちまち「へへー」とひれ伏していただろう。まるで平安時代の貴族と挨拶をしているような気分。ひるがえってこちらは、

「インタビュアーのアガワです」

なんだか軽い。重みが違う。しかも穂村さんはお若い。と感心していたら、五十八歳と知り、思ったほど若くはないことがわかったけれど、でも「お若いのに……」と言いたい気持はぬぐえない。

歌人と聞くとどうしても、顎鬚を生やし、水のほとりの岩の上に腰をかけ、筆と短冊を手に遠くを静かに見つめる翁の姿が目に浮かぶ。古すぎるか？

たしかに俵万智さんや林あまりさんなど、現代的な女流歌人が現れて人気となって以来、「なんだ、こういう感じで詠めばいいのね」とにわかに短歌が身近な存在（それはあくまで勘違いであるのだけれど）となった感はあるが、そうは言っても簡単に、「じゃ、ちょいと詠んでみようかな」という軽いノリにはなれない。

これが俳句となると、印象が少々変わる。いや、決して軽んじているつもりはないが、俳句のほうがはるかに親しみやすさがある。

五・七・五と五・七・五・七・七。

たった十四文字が増えるだけなのに、どうしてこうも遠い存在なのだろう。もちろん俳句も奥が深いのはわかっている。しかし、あまたの俳句挑戦番組や俳句コンテストなどの影響もあってか、季語さえつかんでおけば、初心者でも作れそうな気がしてしまう。現に『プレバト!!』で有名な夏井いつき先生曰く、

「誰でも独り言を呟いたり、こっそり誰かの悪口を言ったりするでしょう。それを五・七にして、その後ろに季語を一つくっつければ、とりあえず俳句になりますよ」

あくまでも初心者のためのコツである。つまり、「ウチのお姑さんは、本当に嫌味を言うのが上手でやんなっちゃう」と思っていたら、たとえばですよ。

姑の嫌味がひかる

と、その後ろに、「いぬふぐり」なんて春の季語をつけてみると、

姑の嫌味がひかるいぬふぐり

まあ、これでは特待生資格も取れないでしょうけれど、「あ、できた！」という達成感にはつながる。この小さな達成感が癖になり、

「今度、みんなで句会してみない？」

今のコロナ下では叶わないながら、普通の飲み会や食事会を「句会」と称してシロウト俳句作りを楽しむ場にすることも可能である。ところがこれが短歌となると、そうはいかないらしい。穂村さんによると、「飲んだり食べたりしながら短歌を詠むことは、まずない」そうだ。

そもそも短歌には季語がない。歳時記をペラペラめくって一つを選び、自らの軽々しいツイートにポンとくっつけ、「はい、できたぞ！」とはならない。五・七・五・七・七のすべての言葉を、己の拙い語彙の中からひねり出し、そこに深い味わいをも

たらさねばならないのである。その点においても短歌は取っかかりのハードルが高いイメージがある。

しかしよく考えてみると、たいていの人は幼少期、俳句より短歌を先に耳にするのではないだろうか。なんといっても百人一首の存在は大きい。百人一首は短歌というより和歌と呼ぶにふさわしいが、つくりは同じ三十一文字。かくいう私も正月に親戚の家へ行くと必ず百人一首をした懐かしい思い出がある。

その家の伯母の名前が「静」と言ったので、「しづ心なく花の散るらむ～」と来たら、「あ、おばちゃんの歌だ！」と必死で畳に手をつけ目を凝らし、札を探した覚えがある。他にも「いづこも同じ秋の夕暮れ」とか「富士の高嶺に雪は降りつつ」とか「名こそ流れてなほ聞こえけれ」とか、意味はさておき、音感のいい歌を空で覚えた時代がまちがいなくあった。

もっともそれはすべて下の句。子供にとっては、かるたを取ることに目的がある。もちろん上の句からすべて覚えていたら有利ではあろうが、そこまでの根性がない。だから、読み手が「富士の高嶺に～」と詠い始めた段階で、「富士、富士、富士はどこだ！」と真剣に探すので、おのずと頭に残る。

あるとき悪友のダンフミに問われた。

「百人一首をどれぐらい知ってる？」

「さあ、どうだろう。ほとんど知らないな。下の句をいくつか知ってるくらいかな」

「じゃ、この歌を解釈してみて」

そう言うと、

「あひみてののちの心にくらぶれば昔はものを思はざりけり」

ダンフミ、きれいな声で詠い上げ、

「あいみてって、ただ『会う』って意味じゃないのよ」

そもそも彼女には教育癖がある。まるで古典の授業を受けている気分だ。

「それぐらいわかってるわよ。つまりその、深くお会いしちゃうってことでしょ？」

「まあね」

「わかった！」

私は解釈を始めた。

「深く会ってセックスをしてみたら、そのあと『なんて気持いいんでしょう！』って感動して、その心地よさに比べたら、これまではこんな気持のいいこと、なあんにも知らなかったわっていう歓喜の歌？」

答えた瞬間、ダンフミは椅子から転げ落ち、

「あんたって、下品！」

割れんばかりの大声で私を罵倒したけれど、私は未だに、それほど間違った解釈ではなかったと思っている。と、その話を歌人の穂村さんにしたところ、静かな苦笑いしか返ってこなかったのは、どういうわけでしょう。

寝られぬ自慢

あっという間に桜の花も散り、新型コロナの行く末はいまだに見えず、しかし季節だけは着々と移りゆく。テレビ番組の仕事が一つ終わって多少の時間的余裕が生まれたせいか、最近、よく眠る。

晩ご飯の片付けを終えてしばしテレビを観ているうちに、そろそろベッドに入りたくなって時計を見ると、まだ九時前。いくらなんでも早すぎる。もう少し仕事をしようとパソコンに向かうのだが、三十分もしないうちに、こくりこくりと船をこぎ始め、そうなったらもう頑張る気力なし。さっさと諦め、パソコンの電源を切って寝室へ向かう。

春のせいか。いや、歳のせいかもしれない。

子供の頃から寝つきのいいのが自慢の一つであった。私にとって睡眠は一種の逃避だったような気がする。幼い頃、父に叱られてさんざん泣くとまもなく瞼が重くなり、しゃくり上げながらいつのまにか眠りについた。悲しいことや嫌なことがあるとたちまち眠気に襲われる。長じたのち小さな失恋をしたときも、「胃が痛い」という理由でひたすら床についていた。寝れば忘れる。寝ればいつしか時間は過ぎる。寝ればとりあえず体力は回復する。そんな治癒法を誰に教えられたわけでもないが、なぜか私は落ち込むと、無意識のうちにベッドへ潜り込む癖があった。

むしろ楽しいことが翌日に控えていると、ふだん寝つきのいい私が、なかなか寝られなくなる傾向がある。遠足前日の子供と同じだ。ここ数年のことでいえば、ゴルフの前の夜がそうである。早く寝ないと身体がもたないと思えば思うほど、ベッドの中で頭が冴えて、目を閉じながらイメージ素振りを何度も繰り返す。

「ぜんぜん寝られなかったあ」

朝、目覚まし時計を止めて不満げな様子で相方に報告すると、たいがい言われる。

「そう？　よく寝てたよ」

そうかもしれない。案外、自覚しないうちに眠りについているものだ。自分で思っている以上に睡眠は取れているのかもしれない。

かつてオリンピック競技の監督にインタビューをした折、試合前夜は選手の誰もが緊張のあまり、寝られなくなるという話を伺った。そういう選手に向けて監督は、「寝られなかったら、寝なくてもいい。横になっているだけでじゅうぶんに休息は取れる。無理に寝ようと思わず、目をつむっているだけで大丈夫だ」

そうアドバイスなさるという。その話を聞いて以来、そうかそうか、寝られないと心を痛めて精神的に焦るより、朝まで覚醒していても大丈夫だと開き直ることにしよう。寝つきが悪い夜はいつもその監督の言葉を思い出す。

もっとも私の場合、寝られない夜は年にほんの数回しか訪れない。だから悩みにも至らない。世の中にはどうやら寝つきの悪い体質の人がたくさんいるらしい。枕が替わると眠れない。引っ越しをすると一年くらいは寝つきが悪くなる。私の友達にも、中学時代から「牛乳配達の自転車のブレーキ音と瓶がカチンカチンぶつかる音を、ほとんど毎朝聞いている」という人がいた。なんと気の毒なこと。なぜ眠りにつくことができないのかわからないと、私はもっぱら首を傾げて同情するばかりであった。

今でもたしかに寝つきはいい。ただしかし、ここ最近、どういうわけか午前二時頃に目が覚める。かつては睡眠途中で目が覚めても電話でたたき起こされてもなんのその。すぐにまた眠りに戻ることができたのだが、いつの頃からか、一度覚醒すると再び寝ることが下手になってきた。たいがいそれが夜中の二時。翌日ゴルフもないのに目が冴える。いずれ眠りにつくでしょう。楽観的に考えるのだが、時計がカチカチいう音だけが耳につき、ますます頭がはっきりしてくる。

いよいよスズメやカラスがチュンチュンカアカア鳴き始め、窓の外がうっすら明るくなってくると、しかたあるまい。起きるしかないか。目覚ましのスイッチをオフにして、とりあえずまた布団をかぶる。

と、これが不思議なことに、そこからググッと深く寝入るのでしょうね。寝ることを諦めた途端に、眠りの世界にはまり込む。皮肉なことだ。またそういうタイミングにかぎって複雑怪奇な夢を見るのである。

親しいと思っていたオトコが実はお金にだらしなく、あちこちに借金をしていたことが発覚する。私も少しばかりのお金を貸していたが、「返してよ」とも言い出しにくく黙っていると、だんだんそのオトコ、態度が大きくなってわめいたり脅してきたりする。とうとういたたまれなくなった私は、みんなの迷惑になるこのオトコをなんとか始末しなければならないと思い立ち、ナイフを持ってオトコに突進する……という、これ、今朝、見た夢なのですが、目覚めたときにはどっと疲れた。まるで二時間のサスペンスドラマを見たあとのような重い気分である。

なぜこんな夢を見たのだろう。心当たりはない。人にお金を貸している事実もない。まして現実のそのオトコ友達は、何も悪いことをしていないのに、突然、印象が悪化した。勝手に悪いオトコに仕立て上げたのは私である。今度会ったとき、どういう顔をすればいいだろう。夢の話をするわけにもいくまい。

そして私は結局、その夢のせいで寝坊した。

「よく寝てたねえ」

先に起床した相方の声が洗面所から聞こえる。いや、二時から五時ぐらいまでぜんぜん寝られなかったんですけど。言い訳をしてみても、信じてもらえない。

「わしはぜんぜん寝られなかったよ」

切なく呟かれると言い返したくなる。

「いやいや、いびきかいて、よく寝ていたよ」

「そっちもいびきかいてよく寝てましたって」

寝ている間の身の潔白を立証するのは難しい。

信心酢

いっとき「マイブーム」という言葉が流行った。

「アガワさんのマイブームはなんですか？」

問われるたび、返答に窮した。マイブームねえ。別にないなあ……。もともと「凝る」とか「ハマる」ということと縁の薄いオンナである。凝ったりハマったりするには継続力が必要だ。私には生来、「継続力」が欠けている。コツコツ続けて成果を上げる。そういう立派な方はまわりにたくさんおられる。だから私も頑張ろうと最初は燃える。ところが成果を得るまで続けたことはいまだかつて一つもない……と思う。

だから今、ここで記そうと思っている私の稀なるマイブームも、早晩、終わりのときを迎えるであろうことは容易に予測できる。しかし、私にしては珍しく続いているのだ。これは画期的なことである。なぜか。早くもかすかな成果が表れているからである。

その名は「酢！」。

ことの発端は、世にも美しい女優さまと対談をするにあたり、あれこれ資料を読みあさっていたら、その美しさの秘訣の一つとして、「毎朝、豆乳にブドウ酢（ワインビネガーではない）を入れ、ヨーグルト状になったものに、さらに低脂肪ヨーグルトを加え、その日のフルーツを四種類入れて食す」という記事が何度も登場したからだ。ん？　と私はにわかに反応した。これは試してみたいものだ。

その女優さまを見習って美しくなれるかもと期待したわけではない。「ウチにある豆乳をどう活用するか」という課題を抱えていたからだ。故あって我が家にはたくさんの豆乳がある。以前、台湾を旅した折、朝食に豆乳を食べる（飲む？）習慣を知り、そのおいしさに感動して以来、豆乳にハマったという話を雑誌に書いたところ、日本の豆乳製造会社から「そんなにお好きなら是非広めてください」とたくさんお届けいただいた。なんとありがたや。深く感謝しているのだが、そうはいっても毎日毎朝、消費できるわけではない。だからいつまでも減らない。台湾流に、温めて酢と醤油と塩少々、干し海老や香菜を加え、スプーンですくって食べる方法は何度も試し、それはそれでたいそうおいしいのであるが、毎日は続かない。ときどきトーストも食べたくなるし、納豆ご飯にする日もある。さて他にどうやっておいしく食する手立てがあるだろう。そう思っていた矢先であった。

「冷たい豆乳にブドウ酢を加える」という発想はなかった。幸い、フルーツ酢がウチにはいろいろ揃っている。こちらもどう扱っていいものやら、思案していたところだ。

女優さまのように低脂肪ヨーグルトや四季折々のフルーツを入れるなどという丁寧な手間をかける気力はない。とりあえず、豆乳を冷蔵庫で冷やし、グラスに注ぎ、そこへブドウ酢はないので、だいぶ古いがまだ大丈夫そうなデーツの酢なるものを上からタポタポ、タポタポタポタポッと少しずつ加えてみた。するとサラサラだった豆乳があれよあれよと思う間にゲル化していくではないか。スプーンでほどよくかき混ぜて、ドロンと化した豆乳を飲んでみると、おいしいぞ。ゴクゴク飲める。これは手軽だ。毎朝の習慣にできる。

なんたって余っていた豆乳の消費の速度は増すし、フルーツ酢の使い道も見つかった。一石二鳥。それだけではない。毎朝の「豆乳酢」を始めてまもなく、腸の動きが驚くほど活性化されたのである。飲んで十分もしないうちに、「ちょっとお手洗い」現象が起こるのだ。まさに、「信じられないくらいスムーズなんですよ！」と、通販番組で嬉しそうにコメントするオバサンの心境である。

そうこうしているうち、テレビで、「お酢は鍋のサビを取ったり、衣服にこびりついたシミを取ったりするのに効果的」という番組を見た。

案外、影響されやすいタチである。その夜、久しぶりに取り出した中華鍋に鉄サビがたっぷり付着していたので、「そうだ」と思い立ち、酢をタラタラとスポンジに染み込ませて磨いてみたところ、あらあら、見事にサビが落ちていくではないか。なんと気持のいいこと。すごいぞ、お酢！　そのとき私は閃いた。

もしかして豆乳酢は腸の老廃物を流してくれるだけではなく、血管のサビも取ってくれるのではないかしら……。

健康診断を受けるたびに、私は長年、「動脈硬化」を指摘されてきた。「アガワさんの血管は七十八歳」と五十代の頃、医者に言われたこともある。どうやら私の血管は、積年の高カロリー食がたたって硬く細くなり果てているらしい。「その細くなった血管に血栓が詰まったら、いつ心筋梗塞か脳梗塞になってもおかしくない」状態なのだそうだ。だからといっておいしいものを制限する気もなく、オドオドしつつ生きてきた。そこへ救世主が現れた。

豆乳酢習慣を始めて一ヶ月が過ぎた。なんとなく体調がいいような気がする。私の体内で血液がすがすがしく流れている音が聞こえてくるようだ。

試しに血圧を測ってみた。すると、いつもなら上の数値が一三〇をゆうに超え、ときに一六〇に近いこともあるというのに、一二六と出た！　画期的だ。やっぱりお酢だな！　すごいぞ、お酢！　いや、お酢と豆乳の組み合わせのおかげかもしれない。

信じるものは救われる。私は目下、得々とあちこちで吹聴している。

「豆乳酢はいいよぉ。体内のゴミをどんどん洗い流してくれる感じがするの」

自信たっぷりに言いふらし、家に帰って血圧を測ったら、上の数値が一五九と出た。

ええと、今しばらくの経過観察が必要かと思われますが、まもなく、私が心筋梗塞ないし脳梗塞で倒れたら、「あら、お酢は効かなかったのね」と思ってくださいませ。

はるかなる予備レス

マスクが必需品になって一年あまりになる。このわずらわしき生活からいつ解放されるのかと、途方に暮れつつ過ごすうち、いつのまにかマスクをつけるのは、車に乗るときシートベルトを装着するのと同じぐらいの「つけなきゃね」レベルになってきた。シートベルトも義務化された当初は面倒だと思っていたが、気づいてみたら習慣化されていた。人間の順応力というのは侮れないものだ。

そもそもマスクに関して日本人は他国の人々と比べ、つけ慣れていると聞く。たしかにコロナ騒動が起きる以前から、街中にマスク顔が溢れていた。花粉症のせいもある。喉の乾燥対策としてつける人もいた。いっときはマスクがファッションの一部と化していたこともあったように思う。横断歩道を渡るとき、見渡せばみんなマスク、誰もがマスク。よくそんなものを顔に当てて息苦しくないわねえと、感心半分呆れ半分で見ていたのは、遠い昔のことのようである。

マスク嫌いだったはずの私でさえ、今やマスクを顔に当てていないとなんだか風通しが良すぎて不安になる。そのくせ、つけるのを忘れる。玄関を出て、何かが足りないと思い、しばらく歩いてから気がつく。しまった、マスクを忘れた。そういう失態をこの一年、何度繰り返したことだろう。だから家を出るときの秘書アヤヤとのやりとりが増えた。

「眼鏡、持ちました？」

「持った」

「鍵は？」

「持った」

「財布、携帯電話」

「ある、手帳もあります」

「マスクは？」

「あ、忘れた」

そしてせっかくはいた靴を脱ぎ、廊下を走る。

先日は、出先でしでかした。八百屋さんに立ち寄ろうとして、マスクをしていないことに気づき、上着のポケットを探るがない。ならばズボンのポケット……にもない。バッグに手を突っ込むが出てこない。とうとう路上に腰を下ろしてバッグの中身をすべて外に放り出し徹底的に探し始めるが、どうしても見当たらない。先刻の場所ではたしかにつけていたのに、いったいどこで失くしたのか。

途方に暮れた。野菜を買うのを諦めて帰るか。あるいは一度、帰宅して出直すか。しばし迷った末、タオルハンカチを口に当て、なるべく息を止め、籠を片手に乗り込んだ。

「らっしゃーい」

威勢よき声に出迎えられるが返事ができない。頭をこくりこくりと縦に振りつつ必要な野菜を探す。茄子、ピーマン、トマトと、みょうがを買っておこう。あと、いちごもおいしそうだ。急いで籠に入れ、レジへ向かう。

「ああ、毎度!」

顔馴染みのおばちゃんに挨拶され、私はハンカチの中で囁く。

「ごめんね。マスク、してなくて」

「あるよ。一枚あげよっか」

タオルハンカチを口に当てて私は首を横に振る。大丈夫、大丈夫、ウチに帰ればあるからと、目と手振りで伝える。エコバッグを広げ、ここに入れてねと無言で指を差し、会計を済ませて店を出る。ハンカチをはずし、ようやく大きな息をしながら、罪でも犯したような罪悪感が残る。

その日以来、私は予備のマスクを持ち歩くようになった。ハンドバッグの内ポケットに一枚、資料を入れる布袋に一枚、そして一枚を顔に当て、「行ってきまーす！」だ。これなら安心。たとえ一枚を見失っても、二枚の予備マスクが待機している。リスクマネジメントとはこういうことを言うのだろう。

ただ、私のリスクマネジメントはマスクに留まらない。老眼鏡と口紅とボールペンとハンカチと、ついでにエコバッグも予備を持ち歩く。すべてを倍量持つせいで、だんだんバッグが重くなってきた。

もともと重かったとも言える。先年、他界した母が、大量の荷物を抱える私に同情し、「持ってあげようか」と言って私のバッグを引き取った途端に驚いて、

「うわ、重い！　なんでこんなに重いの？」

そう言い放ってよろけていたのを思い出す。

母の思い出の一つがこの台詞と、仰天しまくっている顔である。たしかに歳を重ね、体力が落ちるにつれ、重いバッグを持つことはできなくなるだろう。それなのに、歳を取るごとに携帯物はどんどん重量を増していく。

まず財布が巨大化していった。中には不要と思いながら排除できないカードが満載されている。さらに携帯電話が大型化した。普及した当初は異様に重くて大きかったが、少しずつ軽量化が進み、小型になってよかったと思いきや、またもや大きく重くなってきた。機能が増えていくせいだろう。考えてみればミニコンピュータを持ち歩いているようなものだ。

それほどの多機能な携帯電話を持ちながら、私は手帳を欠かせない。手帳の間にメモや名刺などが一枚ずつ差し挟まれ、どんどん膨張していく。

手帳を持っている以上、筆記用具も必要となる。ボールペン、鉛筆、消しゴム。年中、探して焦る。ないと大変だ。その強迫観念に苛まれて、常時二、三本のボールペンと、ゴルフ用鉛筆数本と消しゴム最低二つをバッグに突っ込んでおく。出先でボールペンをゲットするとそれも突っ込む。どんどん増える。だから私のバッグの中には

四、五本、あら、今、数えたら、六本もあるわいな。

かつて「まもなくペーパーレス時代が到来する」と世間が騒いでいたけれど、そんな生活はいっこうに訪れない。キャッシュレスは便利だと言われて以来、持ち歩くカードが増えている。そのくせ、いざというときに目当てのカードが見当たらず、私は現金で払ってばかりいる。予備レスの時代はいつ到来するだろう。

リバイバルの夏

母の一周忌。墓参りをするかわりに、弟ともども実家の片づけをしながら父母を偲ぶことにした。

父の職業柄、家には本が溢れ返っている。本だけでなく、家具、食器、衣類、着物、書類、手紙、写真、さらに子供たちがこの家に住んでいた時代の痕跡の数々が、後生大事にしまい込まれたままの状態だ。

親の家をいかに処分するか。売却するか、引き継いで住まうか。決める以前にとにかく家の中を整理しないと話は始まらない。人の住んでいない木造家屋を放っておけば、いずれおぞましき空き家問題の一端をなすことは目に見えている。とはいえ、一朝一夕に目算が立つような家財道具の量ではない。父が他界し、その五年後に母が亡くなってから、弟を中心に少しずつ家の整理を始めてはいたものの、作業は遅々として進まない。

私が片づけに参加するのは久しぶりのことである。はて、どこから手をつけるか。ケチな私が何かを見つけると、「ああ、懐かしい、もったいない……」とたちまち未練を抱き出す。その性格を熟知している弟は、私が棚や抽斗から何かを取り出すたび、

「持ち帰っても、使わないでしょ！　本だって、どうせ読まないよ！」

厳しい声で私を諭す。実際、自分でも「見たら捨てられなくなる」ことがよくわかっていたので、なるべく思い出の薄そうな箇所から手をつけようと思い定める。が、そこへ現れ出でたるは、「処分！」と表に書かれた大きなビニール袋。恐る恐る口を開いて中を覗くと、ああ、懐かしや。私の青春時代のワンピースやブラウスがクシャクシャに詰め込まれているではないか。

「やだー、私が刺繍教室に通っていた頃に作った麻のブラウスだ！　まだすごくきれい」

続いて、

「やだやだ、これ、私が高校生の頃、軽井沢のブティックで買ったドレスよ。あの頃

は大人っぽすぎると思ってたけど、今なら着られるかも」

さらに、

「やだやだやだ、これ、母さんと『サイケ』と名付けたノースリーブワンピース！『ウルトラQ』のオープニングのカラー版みたいな柄だからね。どれほど愛用したことか！」

「おお、これは私が大学に入るとき、オーダーメイドで作ってもらった初めてのスーツ」

騒ぐ私の後ろで弟が静かな声で呟いた。

「今さら着ないと思うけどね。まあ、捨てたくないなら、どうぞお持ち帰りください」

こうして私は弟の冷たい視線を尻目に大型のビニール袋三つと紙袋四つに懐かしの衣服や母の着物を突っ込んで、さらに私がスペイン土産に買ってきた染め付けの花瓶をタオルに包み、他にもたんまり抱えるだけ抱えて自分の家に戻る。

質量不変の法則……。実家から減ったとはいえ、私の家に移動させただけのこと。これで整理したと言えるのか。

しかし、自宅に持ち帰って思い出の品を一つ一つ吟味していると、思いのほか、心が躍る。経年劣化は否めないところであり、特に衣類はファスナーの動きが悪かったり、袖口のほつれが激しかったりと、補修の余地はおおいにありそうだ。

久しぶりに裁縫道具の入ったクッキー缶を取り出す。針を持つことなど数年に一度、ズボンの裾を上げるときぐらいだ。私は日当たりのいいガラス戸のそばに座り込み、「サイケ」ワンピースの色に合わせて黄色い糸をたぐり寄せ、糸の先をよって尖らせてから針穴に通す。これがなかなか通らない。老眼鏡越しに睨みつけ、ようやく通ったところで、今度は糸を適当な長さに切り、端を玉結びにする。結んだ玉の部分ともう片方の糸端を握り、思い切り引っ張って、張った糸を指の先で弾く。こうすれば、ねじり癖のついた糸が伸びて、運針中に絡まなくて済む。

こういう裁縫の手順を私はいつ知ったのか。小学校の家庭科の授業のとき、あるいは母に教わったのかもしれない。

まずはボロボロにほつれたワンピースの襟元や袖口を丁寧に縫い合わせ、短すぎる丈を伸ばそう。

もともと私は裁縫が得意ではない。裁縫より編み物のほうが好きだった。編み物は、失敗しても毛糸をほどけば何度でもやり直しがきくが、裁縫は、一度布を切ってしまうと取り返しがつかない。しかも先端の尖った針が怖い。チクッと指先を刺す恐怖が嫌だった。だから運針も楽しいと思ったことはほとんどないのに、この古いワンピースが蘇ると思うと、一針一針に気持がこもる。きれいに蘇っていく様子を見ながら縫い進む楽しさが生まれる。少々縫い目が揃わなくてもかまわない。どうせよそいきにはならないのだから、自分さえ気にしなければ問題ないだろう。縫い上げたワンピースを日にかざし、眺めてみる。

高校時代、夏休みにこのワンピースを着て友達と街へ繰り出した日のことを思い出す。きつい日差しの下、横断歩道を渡るために信号待ちをしていた自分の姿がなぜか蘇る。

続いて木綿の巻きスカート。母と兼用ではいていた記憶がある。試着してみると、ホックが留まらない。昔はこんなにウエストが細かったのかと感心するが、今の腹回りでは到底無理だ。よし、ホックの位置を変えよう。

こうしてすべての服の補修を完了し、アイロンをかけていよいよ一人ファッションショーの開始である。鏡の前に立ち、蘇った服をつけてみる。まだちょっと丈が短いか。下にレギンスをはけばどうだろう。巻きスカートはホックの位置をずらした分、巻き重ねる部分が少なくなって、歩くと太ももが露わになる。うーむ、これも下に細身のズボンをはいてみたところ、なんだか腰巻きのようである。試着に疲れて、とりあえずすべてをハンガーにかけ、眺める。はたしてこれらをこの夏、着る機会が訪れるだろうか。

「結局、着ないと思うけど」

弟の声が脳裏に蘇る。

あとがき

本書は『婦人公論』誌にて、二〇一九年秋から二〇二一年夏にかけて連載したエッセイ四十一編をまとめたものである。

まさに、世界を震撼させた新型コロナ時代の到来をつゆとも知らぬ頃に始まって、その後じわじわと、かつて経験したことのない種類の恐怖と焦燥と発見の日々を綴ってきたといえる。別にコロナ期の記録を残そうというつもりはなかったが、改めて読み返すと、もはや忘れかけていた当初の現象や騒動や心の動揺があれもこれも蘇ってきた。

マスク騒ぎ、免疫力問題、蟄居生活。個人的な出来事としては、この間に、九年半続いたテレビのトーク番組が終了し、そして母が九十二歳にして他界した。母は長らく明るい認知症だったので、コロナの恐怖をどう受け止めていたかはわからない。ほとんど思い煩うことなく父のもとへ旅立ったのではないかと思われる。いっぽう、見送る側としてはそれなりに苦慮を強いられた。

そもそも短期ステイのつもりで母を高齢者病院に預けてまもなく日本でも新型コロナの感染が広がり始め、たちまち面会もままならなくなった。母の健康状態は病院と頻繁に電話でやりとりすることはできたが、本人の顔や動きを実際に確かめることのできないもどかしさは否定できなかった。そんな折、病院側と相談した結果、リモート面会が可能となった。グループＬＩＮＥを利用して病院のスタッフが病室にいる母の顔を画面に映し出してくださったおかげである。

「おお、母さんが動いてるぞ！」

「笑ってる、笑ってる」

少々とぼけた顔ながら、手を振る母の生の姿を見られることが、どれほど嬉しく安心できることかを思い知った瞬間だった。

コロナは人と人との間近な接触を断ち切った。肩を抱いたりハグしたり、触れずともすぐそばで笑い合ったり大きな声で杯を酌み交わったり、鍋を突いたり集まって食事をしたりする楽しみをことごとく奪った。今まで当たり前にできていたことが、一つ一つできなくなった。仕事の現場に赴くことを躊躇し、旅はもちろんのこと、外出外食も制限された。

本書に登場してもらった隣家の受験生、シン君も、無事中学に進学したと思ったら、その後半年以上、登校が（半数ずつに）制御されたという。せっかく中学生になったのに新しい友達と交流することもままならない。たった三年間の中学生活だというのに……。そう思うと気の毒でならなかった。

さまざまな制限が発令されたり緩められたり、また厳しくなったり緩んだり。毎日発表される感染者数を確認し、一喜一憂、右往左往しながら過ごすうち、あっという間に二年近くが経ってしまった。

ただ、すべてが不幸だったかというと、そうでもなかった気がする。いや、すべてが不幸だったと思いたくないからこそ、暗い日々の中に楽しいことや笑えること、感動することや感謝すべきことを見出そうと、そもそも人間にはそういう知恵が備わっているのではないか。マスクの件もしかり。店頭からマスクが消えてあれほど大騒ぎした時期があったというのに、人々は手作りマスクを考案したり生産量を復活させたり、その都度、脳みそを駆使して困難に対処していった。外で食事ができないとなったら、たちまち出前業が隆盛し、かたや私は料理の腕が上がった……ような気がする。少なくとも今まで作ったことのないレシピに挑戦するいい機会となったことはまちがいない。

悪いこともあればいいこともある。禍福は糾《あざな》える縄のごとしだ。そうとも言い切れないいほどつらいという人もいるだろうけれど、つらいときこそ、いいことを見つける気持を持つことは、自分を楽にする手立てになると私は信じている。そして、「あるべきものがない！」と不満を言いたくなったとき、「なければないでなんとかしよう」という気持を取り戻すために、天は我々に試練を与えたのではないかと思うのだ。と、偉そうに言っている私は、今日も家中をうろつきまわって、「眼鏡がない！」「マスクがない！」「手帳がどこかへ消えた！」と喚き散らすのである。

まあ、不満が募ったら、とりあえず喚き、嘆いて焦って、存分に人のせいにすることも必要だ。そうすれば、きっと最後は深く反省することになるのだから。

本書をまとめるにあたり、いつもながら中央公論新社の担当諸氏にはお世話になりました。連載担当の戸谷春奈さん、書籍担当の兼桝綾さん。連載時より拙文をお洒落でユーモア溢れる挿絵で飾ってくださったＭＡＲＵＵさんに装画もお願いし、おかげで今回もカッコいい本になりました。ありがとうございました。
最後に、この先行きの見えない日々のなか、本書を手に取ってくださった読者の皆様にも感謝します。かすかな日常の笑いの種にしていただければ、それだけで著者は幸せです。どうかお身体と、ささやかな毎日の喜びをお大事に。

阿川佐和子

二〇二一年の終わりに

文庫版あとがき

本書は二〇二二年二月に刊行された『ないものねだるな』を『老人初心者のたくらみ』と改題し、文庫化したものである。

「なんだ、タイトル変えただけで中身は同じだろうが！」

そんな野次が飛んできたら即座に頭を下げ、「まことにごもっともでございます」とお詫びするしかない。でもまあ、タイトルを変えるとまた気分も変わるものでして、単行本でお読みいただいていない方もたくさんおいでと思われますし、単行本よりちょっとお安い上に場所も取らないので、どうかご容赦いただきたく存じます。

しかし著者がこんなことを言うのもナンですがね。読み返してみると、ほんの数年前のことながら、まことにいろいろなことがあったなあと感心するばかりである。特に新型コロナのオロオロビクビクの三年間は、まるで夢の中の出来事だったかのようだ。そのせいか、コロナ以前とコロナ以降を時間軸の綱で直接つなげて考えてしまいがちになり、まさに浦島太郎の心境。竜宮城のように楽しかったとは言えないが、あの三年という歳月が、ほんの一年間ぐらいのことのように思えてしまう。いや、そう思いたいのかもしれない。おかげで一年の間に三歳も歳を取った気分がする。そう感じるのは若くなくなったゆえであろうか。

小学一年生から六年生になるまでの時間はそれなりに長かった印象が強いが、最近は十年なんぞ、新幹線のぞみ号が静岡駅を通過するほどの勢いでシュワッ、サササッと過ぎていく。世の中のスピードにはどんどんついていけなくなっているのに、自分の中の時計は針の速度が増しているかに思われるのはどういうことだろう。

先日、菊池寛賞の贈呈式にて。人混みがお嫌いな学者Y氏（八十七歳）がその後に続くパーティに出席なさるとおっしゃった。ほほお、お珍しいと思ったら、どうやら受賞者の一人であるT氏（八十五歳）にちょっとお願いしたい儀があり、T氏と話をするためだとのこと。とはいえ、大勢が集うパーティ会場で、お二人が対面なさっている様子がちっとも見受けられない。

「T氏にお会いになれました？」

お寿司をつまみながら私がYさんに訊ねると、

「いや、まだ」

私はあたりを見渡した。さっきまでT氏がいらしたと思った場所にその姿がない。近くのスタッフに問いかけると、

「Tさんはもうお帰りになったようですよ」

「いつ？」

「ついさっき」

私は脱兎のごとく走り出す。会場を出て、ホテルの玄関に向かって走る、走る、走る。転げそうになりながらも走る。そしてまさに玄関外で車に乗り込んだ直後のT氏に追いついたのである。

「ちょっと待ったああああ！」

T氏が車の窓を開けて驚いた顔をなさった。見送りのご一同も何ごとかと振り返る。

「YさんがTさんとお話ししたいそうです。どうかそのままお待ちください！」

そして私は再び走り出す。パーティ会場へ戻るために走る、走る。そして息を切らしつつもようようY氏の前に辿り着き、

「すぐ玄関へ！　Tさんがお待ちです！」

疲れた。ホッとした。周囲に居合わせた若い編集者さんやスタッフに褒められた。でも私は別に褒められたいがために行動したのではない。この機を逃してはいけないと思ったからである。

もちろんT氏もY氏も今はたいそうお元気である。でも、「ま、いっか。別日にしよう」とそういう時間的な猶予はほとんどないはずだ。いつ誰がどこでどうなるかわからない。私自身とてそういう境地である。「次の機会に」が通用しない年頃なのである。だからこそ走るのだ。走らなければならぬのだ。

Y氏やT氏より少し若い私は、お二人を会わせることができた達成感と同時に、まだ走れる高齢者であることを自覚し、ささやかな自信にもつながった。

わずかに残された老人初心者の時間は貴重である。ささやかにでも思い立ったことは簡単に諦めず、果敢に、とまではいかないけれど、それなりの意欲を持って生きていきたい。たとえそれが大した成果に繋がらなくてもかまわない。夜、

ベッドにつくときに「ああ、今日も楽しかったなあ」と呟くことができれば、それでじゅうぶんだ。

本書をまとめるにあたり、お世話になった中央公論新社の編集者の皆様と、文庫用に新たに愛すべきたぬき君を描いてくださったＭＡＲＵＵさんに、心からお礼を申し上げます。

二〇二四年の暖かい年末に

阿川佐和子

本書は『婦人公論』に「見上げれば三日月」のタイトルで連載されたエッセイのうち、二〇一九年九月二四日号〜二〇二一年七月一三日号掲載分から四一編を選んで一冊にまとめたものです。

『ないものねだるな』（二〇二二年二月　中央公論新社刊）を、文庫化にあたり改題しました。情報・数値は初出時のものです。

中公文庫

老人初心者《ろうじんしょしんしゃ》のたくらみ

2025年2月25日　初版発行

著　者　阿《あ》川《がわ》佐《さ》和《わ》子《こ》

発行者　安部 順一

発行所　中央公論新社
〒100-8152　東京都千代田区大手町1-7-1
電話　販売 03-5299-1730　編集 03-5299-1890
URL https://www.chuko.co.jp/

ＤＴＰ　平面惑星
印　刷　大日本印刷
製　本　大日本印刷

Published by CHUOKORON-SHINSHA, INC.
Printed in Japan　ISBN978-4-12-207614-3 C1195

中公文庫既刊より

各書目の下段の数字はISBNコードです。978－4－12が省略してあります。

あ-60-1
トゲトゲの気持
阿川佐和子
襲いくる加齢現象を嘆き、世の不条理に物申し、女友達と笑って泣いて、時には深ーく自己反省。アガワの真実は女の本音。笑いジワ必至の痛快エッセイ。
204760-0

あ-60-2
空耳アワワ
阿川佐和子
喜喜怒楽楽、ときどき哀。オンナの現実胸に秘め、懲りないアガワが今日も行く！　読めば吹き出す痛快無比の「ごめんあそばせ」エッセイ。
205003-7

あ-60-3
いい女、ふだんブッ散らかしており
阿川佐和子
父の葬式、認知症の母の介護、そして還暦過ぎての結婚……。自らにじわじわ迫りくる「小さな老い」を蹴散らして、挑戦し続ける怒濤の日々を綴るエッセイ。
207162-9

あ-60-4
老人初心者の覚悟
阿川佐和子
老化とは順応することである！　六十五歳、「高齢者」の仲間入りをしてからの踏んだり蹴ったりを、ときに強気に、ときに弱気に綴る、必笑エッセイ第二弾。
207317-3

あ-60-5
ばあさんは15歳
阿川佐和子
孫娘と頑固ばあさんが昭和にタイムスリップ！　時は一九六三年。東京タワーから始まる二人の冒険の行方は？　愉快爽快、ラストに涙の物語。挿画・石川えりこ
207478-1

あ-13-4
お早く御乗車ねがいます
阿川　弘之
にせ車掌体験記、日米汽車くらべなど、日本のみならず世界中の鉄道に詳しい著者が昭和三三年に刊行した鉄道エッセイ集が初の文庫化。〈解説〉関川夏央
205537-7

あ-13-5
空旅・船旅・汽車の旅
阿川　弘之
鉄道のみならず、自動車・飛行機・船と、乗り物全般に並々ならぬ好奇心を燃やす著者。高度成長期前夜の交通文化が生き生きとした筆致で甦る。〈解説〉関川夏央
206053-1

あ-13-6
食味風々録
阿川弘之

生まれて初めて食べたチーズ、向田邦子との美味談義、海軍時代の食事話など、多彩な料理と交友を綴る、自叙伝的食随筆。〈巻末対談〉阿川佐和子〈解説〉奥本大三郎

206156-9

あ-13-8
完全版 南蛮阿房列車（上）
阿川弘之

北杜夫ら珍友・奇人を道連れに、異国の鉄道を乗りまくる。ユーモアと臨場感が満載の鉄道紀行。上巻は「欧州畸人特急」から「最終オリエント急行」までの十篇。

206519-2

あ-13-9
完全版 南蛮阿房列車（下）
阿川弘之

ただ汽車に乗るためだけに、世界の隅々まで出かけた紀行文学の名作。下巻は「カンガルー阿房列車」から「ピラミッド阿房列車」までの十篇。〈解説〉関川夏央

206520-8

あ-13-10
海軍こぼれ話
阿川弘之

自ら海軍に進んだ著者が、提督三部作や『軍艦長門の生涯』には書けなかった海軍を綴る人間味溢れるエッセイ五〇篇。講演録「日本海軍の伝統と気風」を増補。

207361-6

い-110-1
良いおっぱい悪いおっぱい〔完全版〕
伊藤比呂美

一世を風靡したあの作品に、3人の子を産み育て、25年分の人生経験を積んでパワーアップした伊藤比呂美が大幅加筆！「やっと私の原点であると言い切ることができます」

205355-7

い-110-2
なにたべた？ 伊藤比呂美＋枝元なほみ往復書簡
伊藤比呂美
枝元なほみ

詩人は二つの家庭を抱え、料理研究家は二人の男の間で揺れながら、どこへ行っても料理をつくっていた。二十年来の親友が交わす、おいしい往復書簡。

205431-8

い-110-4
閉経記
伊藤比呂美

更年期の女性たちは戦っている。老いる体、減らない体重、親の介護、夫の偏屈と。ホルモン補充療法に挑戦、ラテン系エクササイズに熱中する日々を、無頼かつ軽妙に語るエッセイ集。

206419-5

い-110-5
ウマし
伊藤比呂美

食の記憶（父の生卵）、異文化の味（ターキー）、偏愛の対象（スナック菓子、山椒）。執着し咀嚼して、胃の腑をゆさぶる本能の言葉。滋養満点の名エッセイ。

207041-7

各書目の下段の数字はISBNコードです。978－4－12が省略してあります。

い-110-6
たそがれてゆく子さん
伊藤比呂美
男が一人、老いて死んでいくのを看取るのは、ほんとうによかった——。夫の介護に始まる日々。書くことで生き抜いてきた詩人の眼前に、今、広がる光景は。
207135-3

い-110-7
またたび
伊藤比呂美
文化の壁も反抗期も食欲の前に待ったなし！　英国人の夫、三人の娘との、つくり、食べ、食べさせる濃密な日々を詩人・母が綴る。〈解説〉ブレイディみかこ
207437-8

い-110-8
ショローの女
伊藤比呂美
老いゆく体、ハマるあれこれ、初めて得た自由と一人の寂しさ。六十代もいよいよ中盤へ——〈あたしの今〉をリアルに刻み、熱い共感を集める実体感エッセイ。
207524-5

き-30-19
50代からしたくなるコト、なくていいモノ
岸本葉子
両親を見送り、少しのゆとりを手に入れた一方で、無理はきかないのが五〇代。自分らしく柔軟に年を重ねるヒント満載の、シニアへ向かう世代を応援するエッセイ。
207043-1

き-30-20
楽しみ上手は老い上手
岸本葉子
心や体の変化にとまどいつつも、今からできることをみつけたい。時間と気持ちにゆとりができたなら、新たな出会いや意外な発見？　期待も高まります！
207198-8

き-30-21
50代、足していいもの、引いていいもの
岸本葉子
50代は棚卸しの時期！　老後に向けて減らすもの、はじめるもの。これからをスッキリと過ごせるよう入れ替えは続きます。人生の総決算はまだまだ先。
207402-6

き-30-22
60代、変えていいコト、変えたくないモノ
岸本葉子
鍋が重たい、本の字が読めない、SNS詐欺、通信トラブル、不測の事態が起こっても、ぶれない心で乗り切ろう。人生後半を素敵に生きるための応援エッセイ。
207528-3

し-56-1
これでもいいのだ
ジェーン・スー
思ってた未来とは違うけど、これはこれで、いい感じ。「私の私による私のためのオバさん宣言」ほか、全力パワーチャージエッセイ六十六篇。〈解説〉宇垣美里
207306-7